放生会

緒方水花里

七月堂

目次

せいかつほごしんせいちゅう

せいかつほごしんせいちゅう
せいかつをほごしてください
しんせいちゅうは保険証がないので
病院にかかれないのですが
あしの傷が痛むのです
自転車にぶつかられたのですが
せいかつがそこから腐りませんか
ふつか経ってもみっか経っても
膝から上がじゅくじゅくじゅく

すべて国民は、 健康で文化的な最低限度のせいかつを営む権利を有する

にしたがってせいかつはほごされるのですが
アスパラは買ってもいいんですかね
アスパラガスと言うと文化的な最低限度ではないですよね
エピピラフは文化的過ぎるのでチャーハンにしましょう
カーネーションも売っていますが文化的過ぎて
かわりをさがしていますがみつけられません

すいみんしょうがいをもっているので
早起きのシフトを押し付けないでくださいと言ったら
それではずっと眠っていてください
起き上がって仕事に来ないでくださいと
とても綺麗な笑顔で言われた
先生、仕事がしたかったですね
先生、しごとがしたかったですね
でもしてはいけないということは

しごとは健康で文化的な最低限度のせいかつではないのですね
睡眠薬を20錠と缶チューハイを1本とで
ずっと眠っていられるんですが
永遠に起きないで済むのですが
せいかつほごしんせいちゅう
お酒を買うのは最低限ではないですかね

家賃は3・5万円まで出るので
とても狭いアパートにすめるのですね
ふろトイレべつは文化的過ぎます
ねずみもかべの穴もないからとてもいいです
なぐるちちがいないからとてもいいです
せいかつをほごしてください
きゅうしょくのあまりのパンを
たらふくたらふく持ち帰らせてください

食中毒になるからだめと言わず
しょくちゅうどくは文化的なびょうきだから
大丈夫です　せいかつはほごされます
ちちはごはんもせいかつもほごしないので
わたしにあまりのきゅうしょくをください
なぐられるといってもあの時
アスパラ・チャーハンは出ませんでしたね
ようごしせつではふろは２日おきでしたが
お風呂と言うと文化的過ぎます
これが最低限なのですね

せいかつほごしんせいちゅう
せいかつをほごしてください
もしもそれがかなわないなら
つつじの花さかせてください

はなの蜜すわせてください
がっこうやこうえんの裏は
きっと文化的最低限ですよね
蜜はとてもあまくておいしくて
最低限の家に帰らずとも済みます
下の方のつつじは取れなくて
あしの傷が治ればしゃがめるんですけど
せいかつほごしんせいちゅう
はやくほごが下りるといいですね
ほごが下りると言うんですね
てんしみたいに降りてくるなら
わたしはしゃかいのいちばんしたまで
てんしみたいに降りられますかね
とうだいまであと5点だったり
あまりのパンでフレンチトースを作れたりする

のはあまりに文化的過ぎるせいかつなので
せいかつほごしんせいちゅう
病院にかかれないまま腐ってなくなれ
そしたらもう痛くない
むねをはってジゴクにいけます
すべて国民の、いちばんしたです
自転車でぶつかって来た相手は何も言わず立ち去り
きっとわたしがいつも同じ服を着ているからです
きっと文化的なせいかつが腐ってしんだからです
あるばいと先の上司も
薬をくれる先生もせいかつ調査員のせんせいも
わたしのことを全部見下して　でも
健康で文化的なしごととのうぜいができます
わたしのせいかつをほごします
わたしのせいかつをほごしてくださいね

人を見下せる健康で文化的で最低限度な人達
見下すというのも文化的な営みですから
わたしには出来ないです
ただしゃがむというのは健康な営みでしょうから
できるようになりますように
わたしをぶたなかったははに
いちばん下のつつじを取って
蜜をすったのを押し花にして
送るのはあまりに文化的過ぎて
せいかつほごしんせいちゅう
ほごされるべきせいかつでは
ないといわれるかもしれない
せいかつほごしんせいちゅう
せいかつをほごしてください
もうすぐはながくさりますね

せいかつほごしんせいちゅう
せいかつをほごしてください

辛党のあなたへ

ペペロンチーノは世界で一番
寂しい料理に違いない
麺と油とニンニクだけで
玉ねぎも微塵切りもない
本当はアーリオ・オーリオ・ペペロンチーノ
なのに
アーリオ・オーリオの名前がない
アーリオ・オーリオは忘れ去られ
そのことすらも忘れ去られ
ペロンと食べられ空になる
皿に何もない　が広がる

どうして七分茹でを買ったのだろう
油の中にニンニクを入れて
炒めるのには二分と要らない
残り五分の間に世界で
何百人が死ぬのだろう
あの人はパスタなんかじゃなくて
具材もスパイスも多いカレーが
好きだったはずなのに
それでも最後に食べたのは
縄のような小麦粉だった?
五分の間に考えが止まず
いつの間にか八分になっている

アーリオ・オーリオ・ペペロンチーノ

パスタ・ディ・ディスペラート
全てパスタの名前である
ディスペラートは絶望である

ヘッドフォンから音楽が流れる耳との間にニンニクが挟まっている唐辛子は輪切りのものを買った方が良いけどあの人は大きなものを入れて一時間でも切らずに演奏してくれる

寂しい料理はひとりでも
どんなに力尽きていても
具材を買って来る人がなくとも
作れてしまう絶望だ
食べれば生き延びる
（地獄のような日常だ）
食べなければ麺が伸びる
（地獄は存在するのだろうか）

食べるのにも気力がいる
（あの人はもうここにはいない）
食べないと空気力が起きる
ペペロンチーノが空を飛ぶ
なんて

孤独浮遊性という言葉を知る
調べてたら九分目になっている

なくなってしまう
すぐになくなってしまう
少し前までそこにあったのに
きっと明日には昨日食べたことすら
なくなってしまう
忘れ皿れてしまう

なくしてから初めて
戸棚の奥深くを探して
使いかけのオリーブオイルが
まだ残っていたこととか
ニンニクが切れたこととか
あの人が詞で書いたのも
空気力だったということを
思い出してしまう
あの人には世界が灰色に見えたが麺と油とオイルだけの色はベージュでそれは明るい灰み
の赤みを帯びた色で赤みはあの人が絶望の中で何とか入れられた一味唐辛子のことで

明るみはあの人がいたことそのものである

玉ねぎも微塵切りもない
微塵切りにする気力もない

ので
カレーは作れないけれど
私は絶望を作ります
私が絶望を作りますので
どうか生き延びてくれませんか
無気力という言葉があるならば
有気力という言葉もあるはず
私も作り出せるはず
人が死ぬのは忘れ去られた時というのは誰の言葉だったかな
ほら
三十分目

ペペロン
ペロンと食べられる
朝が来るので

小さな夜にパスタを茹でる
鍋にはたっぷり水を入れる
辛みをひとつ忘れないで
で　という
あなたの言葉を忘れない

ターミナル

すきでもない人のために花を送るのが花屋で
すきでもない人のために停まるのがバス
すきな人のためだけに停まれば良いのに
でもバスに乗るほどすきな人はいないし
バスは人をすきにならないから
すきでもない人のためにバスは停まる
すきでもない景色を見ている

すきでもない人のために名前を変えるのが結婚で
それはすきな人のためか
でも今までずっと一緒にいた名前は

すきでもない人の名前なのだろうか
すきでもない人のためじゃなくて
すきな人のために生きるのが結婚だから
すきな人の名前以外は捨ててしまいましょう
それがすきでもない名前ではないと
言えない社会がすきでもない

すきでもない人のために花を貰うのがマナーで
すきでもない人のために停まらない自家用車
すきな人のためだけに生きられたら良いのにね
すきでもない人のために暑い中
交通整理をしなきゃいけないのはなんでだろう
そんな暇があったら
すきな人にアイスクリームを買えるのに
お金を貰えるからです

すきな人のためにすきでもないバニラアイスを買うより
福沢諭吉のことがすき
結婚したいくらいすき

すきでもない人のために生きないでね
これからは自分のために生きてね
すきでもなくなった人たちはそう言い合って
バス停で手を振って別れるけど今まで
すきでもない名前を背負って
すきでもないバニラアイスを買うために
すきでもない交通整理をしていたのに
そんな自分をすきになって生きるなんて
それはきっとすきでもない人のため
自分のためではない誰かのため
バスターミナルはすきでもない人で満ちていて

誰も彼もが大好きな福沢諭吉を握って
すきでもない街に行ったり
すきでもないお土産を買ったり
皆自分のためだけに生きたら良いのに
すきでもない泣いてる人に
席を譲ってくれたり
バスの出発を遅らせてくれたり
それはきっとすきでもない人のため
そんな自分をすきになって生きるため

すきでもない人のために生きないをしたい
涼しい部屋で丸くなって
チョコミントだけを食べられる
部屋には誰も入って来なくて
すきでもない人のために

交通通整理をしたり
アイスクリームを買ったりしなくて良い
だいすきな諭吉と二人きり
でも諭吉は何も話してくれなくて
アイスクリームも食べてくれなくて
すきでもなくなった人がくれた花が
水を替えるのはすきでもないので枯れて
部屋の外に出るのは
すきでもない人が溢れているから怖い
すきでもない人のために信号を守ったり
すきでもない人のことを思い出したりは怖い
涼しい部屋の中でひとりきりで
そんな自分がすきでもなくなって
赤信号に突っ込みたくなる

すきでもない名前のある紙を
すきでもないのにゴミ箱に入れる
そこらへんに置いとけば良いのに
すきでもないゴミ収集の人と
すきでもなくなった人がそれは
すきでもないかと思って
ゴミ箱にはすきな人はいないので
すきでもない名前とお見合いさせましょう
高速バスの予約表と
アイスクリームの包み紙を一緒に
ベンチの裏に自販機を置いて
諭吉を英世にする社会も
すきでもないと言えないのは
アイスクリームで口が塞がる
交通整理はすきでもないけど

すきでもない人がすきでもない街に
無事に辿り着けるように暑い中
すきでもない景色を見ている

マチ

ミモザマンマクリニックに大変惹かれている。ミモザ、マンマ、クリニック、そこには何があるんだろうと思う。ピンクの看板の乳腺外科。乳腺外科って始めて聞いた。おっぱいをどうするのだろう。その隣の隣の通りに耳の遠いおじいさんがやっている本屋がある。古本と新本がどちらも置いてあって、お客さんの声が聞こえないものだから、おじいさんは取り敢えず、こちら新刊！　新刊！　と大声を出す。やたら芥川賞を勧めてくる。おじいさんはきっとミモザマンマクリニックを知らない。私は本屋の中で聞こえるくらいの声で呟く。「ミモザマンマクリニック」。

ミとモの間に惹かれている。ミの後にすかさず下唇を上唇に付けなきゃならない。ミもモもマンマも一度唇を閉じないと発音出来ないのだ。この町の名前だって。昔城下町だった名残で町の道は碁盤の目のように格子状になっていて、自転車で走るととっても走り易い。ぐねぐねした道がない。でも、城下町だった名残で狭い通りが多くて一方通行が多い。車だと走りにくい。直進する車があるのに右折をする文化が生まれ、町の名前を冠して「〇〇曲がり」という。「〇」も「〇」も「曲がり」も唇を閉じないと発音出来ない。「〇」、私は唇を破裂させる。唇が待っている。マと言った唇がすかさず破裂するのを待っている。

ミとモの間にあるのはムメのはずなのに、無名の所なんてない。通りには全て名前が付いていて、皆がその上で横断歩道が変わるのを待っている。青の点滅や、車が全く通らない時でも誰も絶対に渡らない。歩車分離式信号という、歩行者の信号が青になるまでの時間が長い信号が町には多いのに、誰も文句を言わないで待っている。その間に一体何回ほしゃぶんりたいと言えるのだろう、と私は文句を言う。もんく。これだって唇を破裂させる。

ミとモの間で皆何かを待っている。何を待っているのだろう。女鳥羽川という川が流れていて、城を建てる時に人の手で曲げられたのだという。「めとばがわがまげられた」。町の至るところに水路と湧水があって国の名水と呼ばれ、その何処かにニジマスが住んでいるという。信号待ちの間に探しても私はニジマスを見つけられなかったけれども、きっとこの町の人達には見つけられる。もうずっと信号を待っているからだ。

ナベリン・ファーマシーにもとても惹かれている。ミモザマンマクリニックから一番近い調剤薬局で、ミモザマンマクリニックで診察が終わった人達は皆ナベリン・ファーマシーの入り口に吸い込まれるはずである。ファーマシーは薬局という意味で、そういえばと思って乳腺外科のことを調べたらマンモグラフィーで乳房のしこりを調べるところらしい。マンモグラフィー。マンモスみたいだと思って、私はマンモスみたいなユートピア美容室のことを思い出す。レトロな看板にレトロな内装の店主は後期高齢者のマシンガントークのマダムで、前髪を切ってあとは伸ばしてと言うのを全無視して一〇cmも切られた。町には美容室が一番多くて、でもお洒落をしてもイオンしか遊ぶ場所がない。町は廃れている。けれども皆何処にも行かずに、静かに何かを待っている。何をだろう？　マダムに聞いても美容室が多い理由はわからなかった。

「ミモザマンマクリニックのことを知っていますか。」アタシは娘を一人で育てて先週ボーイフレンドと山登りに行って、この町では車がないと生きていけないわよ。マツダのマークの。店まではママチャリで来ました。そう。もう少ししたら車買えたら良いわね。

ようこそ〇〇へ。

マンモグラフィーは乳房を板で薄く挟んで撮影します。私はこのマダムならマンモグラフィーくらい経験がありそうだと思うけれど、マシンガントークに邪魔されて口の中でマンモスと一緒にモグつかせる。マンモグラフィー。ユートピア。理想郷。もうすぐパルコは潰れるけれども、ミモザマンマクリニックは待っている。ナベリンファーマシーは待っている。イオンがあって名水があってニジマスが待っている。破裂するのを待っている。大雨で女鳥羽川が決壊して町が浸水した。中町と餌差町と博労町が火事で焼けて、中町通りのなまこ壁が出来た。なまこかべ。そう呟く唇は破裂するけれども町の人たちはずっと待っている。ということはつまり何処にも行かないで、電車は一時間に一本しかないし誰も乗らない。この町で生きるのには車がマスト、一方通行ばかりで曲がり道も回り道もしなければいけない。そうして待っている。誰ももんく、を言わずに、破裂させずに待っている。壊されるはずだったけれども市民が守ったお陰で、町の真ん中には○○城が今もなお建っている。○○。唇が待っている。壊さない、この町の人達は皆優しい。町のおっぱいである城に私がまだ行ったことがないと言っても、きっと誰も怒らない。もしも耳の遠いおじいさんの耳元で私が呟いても、だろうか？　町が破裂する。あそこにはよく行くんですけどね。ミモザマンマクリニック。

ミモザマンマクリニックの隣の隣の通りの本屋には二階があって、そこで夜おじいさんがモグモグしているのが窓から見える。私はあれがおじいさんの居城なのだと知り、明日入って来る新刊をわざと耳の遠いおじいさんの本屋に行って買うのを決める。おじいさんはまたどうぞ！　と毎回大声で言うのも忘れず、私は町の皆と一緒に、田舎だから新刊が発売日から遅れて入るのを、破裂させずに、心から待っている。

コの字

それは伸び切った爪のことである。体の何処かから入り込むので気を付けて伸ばしている。例えば耳の穴から。人の声を聞かなくなった耳は雨の音をよく聞くようになる。うるさいほど雨の音がさんざかしている夜、伸び切った爪を見る。かつてそれを切ってくれた誰かがいたような気がするけれども、思い出さない方が良い。大切なのは爪がお前を守ってくれることであって傷付けることではない。蚊やダニに刺されたところを何遍も掻くものだから手足は傷だらけで、それで良い。気にする人は誰もいない。

或いはすれ違う2人の高校生である。楽しそうに話していて、何となく耳を傾けてしまう。これがいけない。心の内で自分も笑ってしまったり2人の生活について想像してしまったりする。そうするとすれ違った後に後悔する。先程までわたアメのように弾けていた耳は今は祭りの後のようにシンとしていて、誰も来ない神社の境内に取り残された気分になる。拾ったわたがしか何かの串を片手に目を突きたいなと思う。誰の？　人間はその人の顔の中で最後まで忘れないのは目だと賽銭箱が言ってフェンシングの構えをする。誰もいない。

眠る度に心臓がドクドクして寝かせてくれよと思う。眠る権利くらい独房にだってあるはずだ。夢の中で俺は視力検査を受けている。コれは見えますか？　と見たこともない金髪のスーツを着た女の人が指し示す。俺はコの隙間に目をコらす。煙草が欲しいなと思う。そうすればマッチを磨って、ココに明るい食卓なんかが見えるだろう。しかしあれが体の中に入って来てはいけないため口を閉ざす。喋ってもただ壁に跳ね返るだけなのである。お姉さん、俺と同じ銘柄を吸わないかい。口を閉ざしてそう尋ねる。けれども気付いたら真っ暗な食卓にたった1人で寝転がっている。雨が降っている。目を瞑ってもまだコの字が脳裏に張り付く。コ、コ忘れなければならない。コ、コ、さもなくばあの女もコ、コ、ドクドクドクドク

８２歳になるばあちゃんに電話をかけたら俺のことだれかわかってなかったよ。でもそれ

で良い。ばあちゃんの黄色い巻き爪が消え、祭りで買ったイカ焼きが消え、よく家に来た煙草の匂いが消える。この電話もぷつりと消え、ばあちゃんは1人だけどきっと俺と同じ思いをすることがない。

それは思い出すことであるからである。

俺はばあちゃんの目玉を潰して、ようやく1人でも眠れる気がする。

食べる吐く

いのちを

肉に肉と言われ
袋は鋭く抉れ
憎い隙間を埋めれ
咥えて舐めて溜まって

おばさんみたいな体型

乳の穴で桜を買う
シュトーレンは2本
祝祭日は毎夜訪れ
分けないで齧って含んで
なくて

日の出から日没まで食べない信仰

肉に悔いと聞いて
2つの棒を掘り出せ
難い隙間が剥がれ
開けないで行かないで詰って

ばらした
吐き出した

このアマ、全部嘘じゃん

2時間の散歩
裏返して
これもそれもたかいと
思って返すのに
夜がやって来る

寄るがやっと食ら、
「うら返して」
あれもどれもやすいと
面変わるのは?

フルーツグラノーラ　800g　3552kcal
いちごグラノーラ　600g　2550kcal
冷しゃぶサラダ　199kcal
ローストポークサラダ　133kcal
ロメインレタスサラダ　198kcal
ネギ塩チキン　179kcal
サラダチキン　133kcal
生ハム　69kcal
唐揚げ棒　205kcal
焼き鳥皮　194kcal
スモークタン　75g　159kcal
パストラミビーフ　57g　78kcal

ネオソフト　978kcal
いちごスペシャル　532kcal
ケーキドーナツ　842kcal
ロールケーキ　481kcal
ほろ酔い　206,5kcal
氷結　185,5kcal
贅沢絞り　224kcal
旅する氷結　192,5kcal
ストロングゼロ　189kcal
サイダーサワー　182kcal
まるごとソーセージ　378kcal
銀チョコW　412kcal
コッペパン　525kcal
セブンソフトクリーム　190ml
316kcal
食べる牧場ミルク　100ml　156kcal
Ｓｏｆ'バニラ　150ml　176kcal
スーパーカップ　200g　374kcal
アイスクリーム３つ　360g　240kcal
グランパフェア・ラ・モード　チョコ
&バニラ　400ml　515kcal
ポテトチップス2袋　290g　1094kcal
ポテトチップス　150g　549kcal

コンソメパンチ　75g　414 kcal
プリングルズ　110g　569,8kcal
チップスター　115g　532kcal
ランチパック394kcal　312kcal
292kcal　70kcal
メープルクッキー　350g
1689.65517kcal
ハッピーターン　90g　468kcal
おやつカルパス　10,2g　48kcal
ソースマヨもんじゃ　70g　365kcal
ムーンライト　113,4g　602kcal
カントリーマアム　200g　960kcal
ブラウニー　88g　434kcal
神戸ショコラ　199g　1137.14286kcal
ビスコ　41.2g　196kcal
カラムーチョ　33g　179kcal
ハーベスト　105g　520kcal
ココナッツサブレ　122.98g　629.2kcal
メルティーキッス　60g　379kcal
キャラメルコーン　91g　514kcal
オレオ　190g　963 kcal
いちごのチョココーティング　58g
336kcal

ミックスナッツ　40g　191kcal
ロータス　156g　750.36kcal
牛乳　1000ml　420kcal
ティムタム　201,3g　1056kcal
ガーナ　119g　676kcal
チョコチップメロンパン　454kcal
チョコチップスナック　840kcal
大きなメンチカツ　600kcal
ハム&たまご　439kcal
薄皮クリームパン　485kcal
チーズデンマーク　432kcal
ミニビットアソート　173g　963kcal
ＭＯＷ　140ml　225kcal
ＧＡＢＡ　51g 295,8kcal
和菓子ミックス　112.2g　420kcal
ピザポテト　63g　348kcal
堅あげポテト　65g　331kcal
サッポロポテト　80g　388kcal
カレ・ド・ショコラ　101g　588kcal
じゃがビー　40g　230kcal
じゃがりこ　70g　352kcal
チョコレート効果　75g　420 kcal
チーズデザート　90g

282ないし258kcal
ダース　42g　240kcal
板チョコ　50g　279kcal
爽バニラ　193ml　230kcal
クーリッシュ　140ml　53kal
しろくま　250g　267kcal
マカダミアチョコレート　67g
411kcal

ラングドシャ　47g　253kcal
リベラ　50g　262kcal
チョコクッキー　57g　268kcal
アルフォート　204g　1070kcal
ビスケット　93g　462kcal
ビスケット　21g　85kcal
ブラックサンダー5つ　105g
560kcal

東京牛乳サブレ2袋
チョコチップクッキー　114g
570kcak
バタークッキー　106.5g　555kcal
チョコ&コーヒービスケット　108g
552kcal
オリジナルアソート　154.4g　809kcal

チョコレート　187 562kcal
しみチョコ　63g　353kcal
ロックチョコ　72g　420kcal
1210918 46576.458kcal
全部
をばらした
吐き出した
四角い箱の前で
動けないいや蠢く唸る
止めて
信じていた
うえだって、うえって
求めていた
そうそこに縄をかけ
あいは満ちると
おもいのこしはないな
だけどまだはいってない
嘘でしょ
もうはいて
あいは、
いて

縄は切れた

おもいはかるくなかった

肉だ肉だと触って
袋を丸くならせ
にくい詰まりにただ
手を加えないで
まとめないで来ないで
しまって
毎朝平に
棒にならして
12.9gのタンパク質
200gの野菜
71gの玄米
を腫らした
呑み込んだ
四角い箱の後で
動くいや蹲る憂く
止めないで
マシュマロとチョコレート
足を引きたい
からだ
しただって
したって涙が

満ちて
のこしはあって
だけどもうはいって
要らないって
疑っていた
本当だね。
笑えた
そうそこに
やっとはいって
あいが
やっと

いて

ある映画のモノローグより

――どうして嘘を吐くのですか？

自分から何かが生み出されていく感覚が心地良くて。

――？　それってどういう？

ほら、私って別に何もないじゃないですか。勉強が少し出来るだけで何の取り柄もないし、ニートだし病気持ちだし家庭環境とかも訳わからないし。人として終わってるというか、まじで何もないんですよね。誇れるものとか。でも、そんな私でも生み出すことが出来るんですよ。口から。だからですかね。

――なるほど。具体的にはどんな風にされているんですか？

ＢＭＩ15を切ったら私再入院らしいんですけど実はとうの昔に14を切っていて、入院中と同様私はありったけの水を体重測定の前に飲んでいます。でも医師も私も病気だから数字でしか判断出来ないから仕方ないんです。この間の人事との面談は大変上手くいきました。待ち合わせたＡＮＡクラウンプラザホテル福岡のロビーのクリスマスツリーはとても大きくて綺麗で、最後の方の彼の話は下剤が効いて来て全く耳に入りませんでした。

その前日も博多にいて美味しいお肉を沢山食べていて、コース料理7種類＋山盛りのローストビーフにたっぷりのチーズをかけた看板料理が入院中に出来た友達5人と私の前に出て来たわけです。そのうち4人はその前に集まってマックでお昼ご飯を食べたらしいんですけど、私は如何に今日のカロリーを減らすかに終始して家から出られません。黄色の錠剤のお陰で殆ど空っぽの胃袋としんどい体とを引きずってお昼過ぎのカラオケから合流したんですけどカラオケのドリンクバーってどうしてこんなにチープで美味しいんでしょう、私はココアとコーンポタージュとを少しずつマグカップに注いで飲んで残りをすぐに捨ててを繰り返して、こんなことをしていたらカラオケボックスの店員さんにマークされるしイオンの菓子パン担当の店員には顔と電話番号を覚えられて商品の注文を拒否されちゃいます。

――嘘を吐かず正直な自分でいる時間というのはないんですか？

勿論あります。コソコソせずもっと堂々とわがままでいなさいとママが言うので、クリスマスにはお父さんを置いて外食に行きたいと言えて帰って来てもお風呂やトイレに1人切りで篭ることはありませんでした。友達5人とのご飯の後もスーパーで明日のカロリーだけ買いました。けれどもそれは次の日に人事との面談があったからで、もしそうじゃなかったらどうなっていたかわかりません。実際お腹はいっぱいのはずなのに閉店間際で2割引になっている菓子パン達は並木道のイルミネーションみたいにキラキラ光って私には見えましたし、なっちゃんのコートをかけてあげるとか、みのりんのピアスが可愛いとか、円城寺さんが席を立っている間は冷めちゃうから温かい料理が来るのを遅らせてほしいって伝えるとか、車椅子の平川さんがトイレから出るのを手伝ってあげるとか私はずっと誰かに気を遣っています。お父さんにも話しかけるしママや彼氏にもクリスマスプレゼントを贈る私はとっても良い子で、そんな時間はあってもあまりないと言った方が良いですね。

――何故「あまりない」のでしょうか。

評価されないから、ですかね。最初に言ったように私には基本何もないですし、他の人にとっても私なんかとるに足らないんだと思います。案の定私にはプレゼントもお年玉もありません。クリスマスの外食も元々はずっと前に約束していたものですけどそれをママが何度も破って、正直に伝えるのに行けた当日すらもママは破ろうとしました。行く道中も、「とっとと行ってとっとと帰る」ってはいはい行けば良いんでしょ感満載で（笑）　わがままになれ#とはって感じですよね。

それに日記を見せたんです。最近何があったかを医師に伝えるためにつけているものなんですけれど、それを見せたら
「困る」って。
コソコソするな堂々と正直に自分の気持ちを書いたものなのに、そんな私はゴハンノコトバカリデキモチワルイっ

て。お父さんへの気持ちとかも書いてるからかな、急に不機嫌になって、いや正直になれってどっちやねん。

そうなんですよね。いくら正直にお父さんのサラダの玉ねぎが少ないのは私が食べたからじゃないとか私の右手の甲が赤いのは寒さとかさぶたが剥げたせいだとか言ってもママにもお父さんにも全く信じてもらえないですし、パパにはお正月に挨拶の電話をしたら私は倫理・金銭感覚がおかしい体を売るなってずっと暴言を吐かれて、そう言えば父の日のプレゼントのカードケースも当日の夜にはゴミ箱の1番上に捨てられていました。元々パパは私がテストで1位を取らなきゃ掃除洗濯妹2人の面倒を見て本当は文化系の部活に入りたいのに黙って剣道部に入らなきゃ私のことをデブ、豚、おばさんみたいな体型と言って殴る蹴る人でしたし、それならいっそ何も言わなかったり嘘を吐いたりした方が生き易いですよね。

――ということはあなたは嘘を仕方なく吐いている?

そうなんですかね。だってそのままだったら気持ち悪いし、太っちゃうじゃないですか。普段我慢しているカロリー全部詰め込んだお腹はパンパンで本当に苦しいですし、そうやっていつも何も口に出せずに、1日中スーパーやコンビニを梯子して商品袋を裏返したり送料とか手数料とか大金を叩いたりして目当てのカロリーを口にすることしか出来ない自分が本当に嫌で、そんな自分やっぱり、空っぽじゃないですか。私には何もないって言いましたけどまさにその通りで。だからこそ嘘を吐くんです。何かを生み出したくなるんです。

――その嘘というのは、

本当のことです。私が口に出すものは全て紛れもない「私」なんです。こんな調子じゃママが私達を捨てて他の男に逃げた意味なんてないと思うしパパはリビングの見える所に風俗嬢の名刺を置いてパチンコに行かないでほしいんです。本当はカロリーなんてどうでも良くて好きなものを好きなだけ食べたいですし、そういうの全部口にすることが出来ない自分はでも、腹に、溜めて溜めて喉を突いたら、それだけで出て来る出て来る

ここにいるんだぞ~って感じ。

何もない私にだって何かを生み出すことが出来るんです。

もっとも痩せ過ぎの私には卵子なんてなくて彼氏どころか他の彼氏候補誰にも重た過ぎて支えられないと言われます、ニートだし病気持ちだし家庭環境も訳わからないから仕方ないですよね。だけど私は痩せ過ぎでお尻に肉がないからお尻の穴が見えるって5人に言うと大爆笑の嵐が起こってとても嬉

しくて、だから毎日楽しく平穏に生きて計算機を手放せずにいます。本当のことです。

――ありがとうございます。では最後にあなたにとって嘘とは何ですか。

私自身、なんですかね。

あ、このインタビューオフレコにしといて下さい。

だって私が口に出すもの全てが本当のことですし、そんなの私じゃない。

嘘みたいじゃないですか。

ホオルモン

人生には何度か、一生これが続けば良いのにって瞬間が訪れる。

鍋島も社本も戸谷に似ている。それは偶然、すれ違ったカップルの男の方が眼鏡をかけた真面目そうな青年で思わず私は振り返る。隣にいるのは二十三歳の彼女だった。夕方、おそらく今から二人でラブホテルに向かうのだろう。私は友達の濵田とホテル「チャペルココナッツ福岡」に向かうまでコールセンターでのアルバイトの最中もずっとチキンのことを考えていた。修猷卒で早稲田卒で、なんでここに？　私は地元で一番の進学校（高校）と日本で有数の進学校（大学）を卒業していて、コールセンターでもこの間まで入院していた病院でもそんな声がかかり、チキンにお湯をかける。だって鍋島だってそうじゃないですか。眼鏡をかけた好青年の鍋島は東大卒なのに、なんで銭湯のアルバイトにというその理由が私にはわかる。

腸のほか

皮

胃

肝臓

心臓

腎臓

子宮

「もも肉よりささみの方が好きだよ」

だから濵田は私に付き合ってくれているのだと思う。そのホテル通称「チャペココ」は南国のリゾート地のような匂いと雰囲気と音楽があって、そういう場所では大抵人が死ぬ。殺人が起きる。

「ごめん俺は、唐揚げには鶏肉ももなんだ」

その瞬間私は喉元に指先を突き刺す。

戸谷は二十四歳の眼鏡をかけた青年

で、彼が二十五歳になる頃には本当だったら彼女は二十四歳になっていてその隣には巨大な苺のズコットケーキがあるはずだった。しかしこれは嘘で、二人が向かうラブホテルには薄っぺらいチョコレートロールケーキしかない。だから私は濱田がホテルの風呂場のシャワーを出す音が聞こえるとすぐに冷蔵庫の扉を開けロールケーキを食べ

「要らないものありませんか」

と私の指は柔らかな肉を掻き液体が流れる。鏡をかけた中年の社本の白いシャツはチョコレートで染まる。だから風呂場なんですよ。焼き網や焼肉専用プレート、鉄板（フライパンなど）やホットプレートを使って人間は簡単に透明になるけれども、その前に

いたいか

いたいか

いきたいのか

私はお湯をかけなければいけない。

まず第一は、細かくすること。第一にな、なるべく細かく刻むこと。最悪でもな、唐揚げくらいの大きさにしなきゃ駄目だ。

はい。

社本が頷き、私は更に指先に力を込める。南国調の音楽は止まり、ホテルについているカラオケで私はアヴェマリアと川崎鷹也を流す。彼もまた眼鏡だが私はその肝臓にお湯をかける度にレバーはとても美味しそうだと思うしもう要らないなと思うのに何故だかいたい。ママとの食事で私は天ぷらでは我慢出来ず脂の浮いたマトンカレーとチーズナンを注文するマトンは角煮みたいに蕩ける。濱田との食事では大きなチーズハットグに齧り付きたっぷりのチーズが零れ落ちる。それなのにナンで今私は堅揚げポテトのブラックペッパーを掴み戸谷の肉を裂くのか、銭湯の風呂場のコールセンターのアルバイトにというその理由は、

「お母さんが手羽元と卵の甘辛煮が好きで」

私がそれをゴミ箱に捨てたからだとわかる。

ちっちゃい頃私の誕生日にはママがステーキを焼いてくれました。

にんじんのグラッセとケーキがあって

私はそれが大好きでした。

でも今日は振り返りも出来ませんでした。それは必然、脂の乗った突起物の多い弾力のある内臓は栄養豊富で活力がついて

出るわ

出るわ

私はコールセンターで個人宅の不用品の買取を案内する電話を掛けていて

出しやすいもので大丈夫です

要らないもの出して下さい

アルバイト先の本社は兵庫県、慣れない大阪弁が口を吐いて

ほおるもん、ありませんか

「私はそんなもんが好きなの」

そこには下のような台本があって、従えばもう要らない肉も15kcalも二十四

歳になった彼女もほおるもんありませんか、もう出ないと思ったのに切り裂いた喉から出るわ出るわ出て来てバイトの成績が上がる。その時はご褒美に私は大好きなホルモン焼肉と苺のスイーツビュッフェに行って殺人を起こそうと思う。少女が透明になる。眼鏡をかけている。

人生には何度か、一生これが続けば良いのにって瞬間が訪れる。何もかもが完璧で、幸福で、
この瞬間のために俺は生きてきたんだと、そう思える瞬間が本当に何度か。
そして僕たちはまさしく、その瞬間のためだけに生きているんだと思う。その何度か訪れる瞬間のためだけに。

殺人を起こそうと思う。
そのためだけに生きている。

老人ホーム杜の樹の介護食

あなたはママと妹とカウンターに並んでうどんを食べている。小口ネギだけが乗るシンプルなかけうどん。２人がうどんのお代わりを麺少なめでする。あなたもそうする。着丼。２人はぺろりと食べてしまうけれど、あなたは初めてうどんより蕎麦派だったことに気付く。あなたのお腹はそもそもいっぱいで、かしわ天とごぼ天と舞茸の天ぷらをやっとの思いで口に入れたばかりで、１杯目のかけうどんの並はふた口しか食べられない。うどんの麺にはコシがあり過ぎて、汁は透き通って薄味で、あなたが好きな福岡のべちゃべちゃのヤワ麺でも黒い濃い醤油出汁でもない。それでもあなたはかけうどんと美味しかった舞茸の天ぷらのお代わりを頼むのだけれど、後者は１５分経っても出てこない。カウンターの奥の揚げ場で黒焦げになっている舞茸が見え、あなたは冷凍庫に眠っているブラウニーのことを思い出す。冷凍保存した場合の期間は１ヶ月で、今すぐレンジでチンして食べようかと思う。あなたは２０分程前に焼肉をママの２倍以上食べたことを忘れる。
あなたは虚な目をした彼女にペーストしたきつねそばを食べさせる。彼女はそれを飲み込み口元を動かすことは出来るが、言葉を上手く話すことが出来ない。あなたのママはそれをモゴモゴと呼び、何を言っているかわからないけど、可愛カロ、と笑顔を見せるけど、あなたは彼女の「言葉」を理解することが出来る。彼女がスプーンに乗る汁をなかなか口に入れない時、お腹いっぱい。あなたのママが可愛カロと言った時、何も言われんからこげんなっとったい。だけどそれも時々で基本あなたもモゴモゴとしか言うことが出来ない。あなたは天ぷらを３つも選びたくないこともスパイシーモスチーズ

バーガーではなく、とびきりチーズ～北海道ゴーダチーズ使用～を選びたいとも言えない。加齢のせいであなたは自分を忘れてしまった。誰かがいないと生きていけない、大きな赤ちゃんだと彼女は言う。だけど誰しもがそうだとあなたは思う。ここにいる人達はそんな人ばかりだ。

あなたはどんどん忘れていく。あなたの冷凍庫にはブラウニーだけではなく食べかけのアイスクリームもあるし、それでもあなたは別のアイスクリームを買いに行く。味は苺で、あなたは雛祭りのお祝いに苺大福を食べたことを思い出す。その前にもつ鍋をお腹いっぱい食べたし、雛祭りにはちらし寿司の代わりに手巻き寿司が出ていたけど、いつだったか遠い昔のように思えて、苺大福を手に取る。プラスチックの容器の外側にはそれがいつか書いてあるけどあなたには読むことが出来ず、ただ２２３という数字だけが現れる。あなたは幻覚を見る。けれど要介護度の低い彼女にはペースト状ではなく半分に切って提供する。苺大福がモゴモゴとした口元に消え、あなたはママに褒められる。よく出来ました。彼女は看護師をしている。

あなたの机の引き出しには車椅子の彼女が買ってくれたチョコチャンククッキーも、1つになるお孫さんがいる彼女が焼いてくれたパウンドケーキもある。けれどもその全てを忘れる。

３３５という数字が目の前に現れては消えず、スーパーやコンビニを徘徊する。ここにいるのはそういう人ばかりで、あなたがかつてどうであったか、あなた自身も思い出せない。だけどきっと思い出したいのだと、あなたはそう思う。大好きな作家の新刊が2年半ぶりに出た。

あなたの身体には麻痺が残っていて本のページを捲ることが出来ない。その代わりにあなたは仕方なく菓子パンの袋やスマートフォンのページを捲る。けれどそこにかつてのあなたはなく、「みんなのメンタルヘルス　総合サイト」には「将来への期待」という章がある。同様に薄っぺらな身体は捲ることが出来、裏には1ヶ月という賞味期限があることにあなたは初めて気付き、あなたは彼女をここに入れることを決意した。やがて彼女はクッキーとケーキの賞味期限が1週間であることも、８００という数字も家の前のことも忘れてしまうだろう。歳をとるとはそういうことで、家の前の梅のことを、いつ切られたのか、忘れてしまった。

ここにいる人達は死を待つ人ばかりなの。

助けてたらこパスタ

腹減った。朝ご飯のカロリー106。それから何も食わず午後16時。今日の昼ごはんはたらこパスタ。作る。冷凍庫を開ける。のに、ない、ない、肝心のたらこが少し足りない。42グラムしかないのにレシピで使うのは60グラム。嘘でしょ。落ち着け私。すかさずタクシー配車アプリを開く。

タクシーは8分で到着。冷静を装い「木の葉モール橋本まで行って下さい。5分で買い物済ませてくるのでその間待っていてもらって、また家まで送って下さい」と唱える。運転手の苦笑いが見えたが気にしない。到着までおよそ5分。腹が鳴る。運転手が何かを語りかけてきたが全く覚えていない。

ようやく着いた。マッハでタクシーから降り、食料品売り場に向かう。ここには辛子明太子のかば田食品の店舗があり、目当てのたらこが、あった。パックの裏側を見る。100グラムあたり90キロカロリー。これだ。2度とこんなことがないようストック用に6パック買う。隣に塩鮭が売っていて迷った挙句購入。今日は使わないが100グラムあたり130キロカロリー。どちらも私が知っているたらこ・塩鮭の中で一番カロリーが低い。だからここじゃないと駄目。歩いて行ける近所のスーパーには売っていないのだ。これで一安心。急いでタクシー乗り場に戻る。も、最大の障壁があった。沖縄物産展。

木の葉モール橋本というのはスーパーからアパレルショップからフードコートから子ども達の遊ぶプレイルームまで入っている商業施設で、通路では時折様々なワゴンが並び雑貨や食料品のマルシェが開かれる。それに引っかかった。今週のマルシェは「沖縄物産展」。通路の端から端まで沖縄の衣類や小物、特産品などが並ぶ、勿論食料品も。急ぎ通り過ぎタクシーへと向かうはずだった足が止まり、ちんすこうとサーターアンダギーに目が留まり、ということは絶対紅芋タルトもあるはずだと、止まった足はマルシェの机の周りを回り、タクシーから遠ざかり、レジに向かい、お会計2800円。よしこれで一安心。何がだ。たらこだけ買うはずだったのに。改めてタクシー乗り場に向かう。

物産展含め6分でタクシーに到着。冷静を装い「5分で買い物終わったでしょう?」と唱える。本当に早かったですねという運転手の声に作り笑いをし、家はまだか。たらこパスタのレシピページを開き、着いてからの動作をイメージトレーニングする。PayPayを掲げ領収書を貰わずに降りる。家の鍵は開けたままで出て来た。

パスタだ。たらこパスタだ。つまりまずは鍋に水を入れ強火にする。材料を測る。ようやく手に入れた60グラムのたらこと、牛乳とバター。０・１グラムの狂いもなく測らなければならないので骨が折れる、がカロリー６９４丁度にしたい、上がりも下がりもしてはいけない、ので仕方ない。水が沸騰するのを待てず一番最初に測った乾麺を鍋に入れる。塩もテキトーに入れる。はよ食べたいし、塩はゼロカロリーだし、いけるやろ。硬めに茹で上がる頃には全ての材料をきっかり測り終え、麺に加える準備は万全で、次々と加え、こんなもんで煮詰まったやろ、完成。　午後１７時。空腹と苛々は最高点に達し、ああうま！　たらこの塩気で涙が出そうになる。皿に盛る余裕もなく、フライパンから一気に啜り込む。

だが一度に２００グラムの乾麺はやはり重く、空っぽの胃をいきなり膨らませるのはキツく、食べるスピードは段々と落ちて来る。味も飽き、カロリーのない塩をかけたり冷め切ったパスタを再加熱したり、その隙に先程自分が何をしたかが見えて来る。大体材料がなかったら他のものを作れば良いのにそれが出来ない、欲しいたらこのため、一食のためにタクシーを呼び、往復２２００円かかった。足りないたらこを買うだけだったのに６パックと塩鮭も買い、それどころかちんすこうもサーターアンダギーも紅芋タルトも買い、これらのカロリー高いものは過食嘔吐の「材料」、食べて吐くだけのものなのに、買ってしまい２８００円もした。６パックと塩鮭はいつ使うのか、冷凍庫に入るのか、全て混みで５０００円弱、食べたい物を食べるだけのことにこの金額と時間とを費やしてしまうのか。沖縄物産展を通り過ぎることは出来なかったのか、いやでも食べたい物があったので仕方ないのか、だがカロリー通りの食事ではないので吐いてしまうだけなのに、そもそもそんな風にしか食べられない自分が悪い。摂食障害というのは食事への拘りが生活に支障をきたす病気であるという何処かで読んだ文章が頭の中でピカリと光り、パスタを啜る度に、苦しい、重い、こんなのおかしい、またやってしまった、このままで良いのか良い訳がない……。空腹と栄養が満たされると頭は回り、様々なことを考え、パスタはいつの間にか伸び柔らかくなってしまい、あれだけ美味しかったはずなのに、もうない。嘘でしょ。

だが私は落ち着いている、次なるたらこパスタのレシピを探し、カロリーを計算し、いつ作るか考え、次は絶対に慌てないよう、明日は歩いて行けるスーパーでカロリーの一番低い無脂肪牛乳とハーフマーガリンとのストックを買いに行こうと思う。もう一度あの美味しさを味わうために。私はまだたらこパスタ病から抜け出すことは出来ない。

助けてたらこパスタ　続

聞いてくれ。私はまたたらこパスタに殺されかけている。

時刻は20時半、薬院大通の「ワインバル　フェリーチェ」のたらこパスタが「美味し過ぎた」のである。

期待外れだった。850円である。しかも複数の居酒屋が一店舗内に入っている居酒屋版フードコートの一角。更に私はそれら他店舗で天ぷら盛り合わせ唐揚げ8つ焼き鳥白ご飯2杯アジフライやホルモン焼きや覚えていないのたらふく食べた後で、当然満腹の時に食べた物の味は落ちるはず。もうお腹はち切れそう。〆のつもりで食べた。のに、嘘でしょ、美味し過ぎる。急いで食べログを開く。

パスタだ。たらこパスタだ。私は近くにあるパスタ屋を片っ端から検索していく。幾つかあるが、ディナーの価格帯10000円〜　という高級イタリアンも出て来て舌打ちをする。違う。もっと安くて一人でも入れるところを。Instagramの「周辺のスポットを検索する」で出て来た店にピンときた。フードコートの裏、地味に気になっていた店、「博多明太子のクリームソース」1380円。安い。PayPayを掲げ「ワインバル　フェリーチェ」を領収書を貰わずに出て来る。済ました顔のお兄さん、あんたのたらこパスタ、最強だったぜ。

フードコート裏側に回る。青色の看板が見えて来てワクワクする。Instagramでも人気の店、どんなに美味しいたらこパスタが、と考えたところで愕然とする。店のドアが開かない。店内が暗い。定休日は火曜日で今日は水曜日、とリサーチ済みなのに、まさかの臨時休業？　再び食べログアプリを開く。

もう一つたらこパスタ900円〜　で食べられる店を見つけ電話するも出ない。取り敢えず向かうも21時前、店は既にクローズしていて明かり一つない。同じ通りにたらこパスタのある店を見つけ電話するも出ない、取り敢えず向かうも店は潰れ、跡地にはダイニングバーが出来ていたが食べログにはドリンクメニューの記載しかない。ふざけるな何処も彼処も。イライラした私はバッグの中を漁りホイップメロンパンやクッキーをガシガシ食べ移動する。もうロイホで良いじゃん、と薬院大通駅近くのロイヤルホストのメニユーページを開くもたらこパスタの記載はない。コンビニパスタで良いじゃん、とセブンに立ち寄るも肝心のたらこパスタがない。イライラして私はアイスクリームを4個程買い、セブンがなければファミマに、と向かうわけだが、その隙も検索を忘れない。次に電話した店舗はラストオーダーが21時で断られ、アイスクリームを食べる。ファミマに向かう最中に「ケーキとパスタの店」の看板を見つけ、閉まっている重い引き戸を開け、冷静を装い「たらこパスタありますか。食べに来たんですけど」と唱えるも、奥から年配の店主が出て来て「あるけどもうクローズ」と言った。ケーキはまだ売っていたけど両手がアイスとクッキーで塞がっていたから買わなかった。えらいぞ私。

そんなことよりたらこパスタだ。目指すはファミマの「生パスタ　たらこクリーム」。セブンから歩いて5分、ようやく見つけた。たらこパスタと帰りながら食べる用のパンやチョコレートやスイーツを一緒に籠に入れてレジに並ぶ。だがその時、電話が通じた。「２１時３０分から一名様入れますよ。お名前頂戴します」　「お、緒方です……」冷静を装い答える目の前で、「大盛り！　バター香る明太子スパゲティ」が電子レンジで温まって行く。仕方がない。ファミマから店まで6分、私はスパゲッティを食べながら、夜道を駆け抜ける。

だが「フェリーチェ」でたらこパスタを食べた後に大盛りパスタは重く、そもそもその前にパンやクッキーやアイスクリームを食べていて、膨れた胃を更に膨らませるのはキツく、歩く速度も食べる速度も落ちて行く。食べながら、ファミマのたらこパスタ買おうと思っていたのと別のやつだと気付き自分に腹が立ち、こんなにたらこパスタ食べているのに今からもたらこパスタ食べなければならないのは何故だろうと思い、もう要らない。苦しい。のに次行くのはいつも気になりつつも通り過ぎていた店で期待は高まる。歩いて6分かかるのに、たらこパスタを食べながらだと向かえてしまう。早く食べたい。もはや味のしないファミマパスタを掻き込み、店のドアには「open」の代わりに「appetite」と書かれていて苦笑いをし、出て来た「博多明太カルボナーラ」を食べたわけだが、嘘やん。美味しくない。期待外れだった。１８００円である。Instagramでも人気な店のはずなのに。だが私は落ち着いている。次は絶対慌てないよう、「福岡　たらこパスタ」で検索し、帰り道でパンとスイーツとを食べながら、次なるたらこパスタ過食のイメージトレーニングをする。でも苦しい。助けてたらこパスタ。私の死因はおそらくたらこによる塩分の取り過ぎである。

オムライス

2階の廊下の突き当たりの壁には大きな穴が開いている。

そこから出て行ったものがある。

一つにはフェレットくん。マギー審司のマジックが流行っていたのは私が小学校に上がる頃、テレビに映る彼はフェレットのぬいぐるみを持っていて、母親にねだって買ってもらった。「マギー審司のマジックセット」に付いているぬいぐるみの「フェレットくん」、を生きているかのように動かすのだ。けれどもそれはいつの間にか何処かに行ってしまった。勢い良く動かすあまり壁の穴から外に出て行ったのだと思う。

一つにはマルキョウの大水槽。家の近くのスーパーマーケットには生きた魚が泳ぐ水槽があって、捌かれる前の鯛や平目が悠々と泳いでいた。６つの私は母親の買い物に着いて行く度に鮮魚コーナーに立ち寄り、水槽の魚を見つめ、母親に呼ばれるまでじっとその場を動かなかったのだけれど、いつの間にかその水槽も何処かに行ってしまった。マルキョウには次第に行かなくなり、次に行った時には水槽は無くなってしまっていた。私は壁の穴に水が流れ込み、魚達が一気に泳いで行く夢を見た。

壁の穴は私が小学校に上がった後に開いたもので、私は父親と妹2人と4人で生活していた。父親は仕事の傍ら家事をこなしたが、酒に酔ったり仕事や育児のストレスを抱えたりすることも多く、壁の穴は父親の肘鉄によって空いた。

一つには７２のTシャツ。中央に「７２」の数字と片目をウインクさせ片手にアイスクリームを持つポップなウサギのイラストが入っていて、胸から下が青、肩から袖口と首元が黄色の七部丈のTシャツ。私が着た他の服は殆ど下の妹に引き継がれたのに、この服だけはそうはならなかった。7分丈が6分、5分になるまで、私が気に入ってずっと着ていたのが原因であるが、それだけ着ていたはずなのに何処かに行ってしまった。箪笥の中を整理するのが母親から父親になったのは私が7つの頃で、母親は病気になって入院している、と聞いた後に2階の壁の穴が空いた。

壁の穴が空いてしばらく経って、私はそこに手を突っ込んでみたことがある。2階の廊下は電気を付けても暗く、壁の穴は何故だか近付いてはいけないような気がしていた。ある夜、いつも見ないようにしていたそれに対面し、ゆっくりと手を差込み、肘から先と指先を動かす。流流とした空気が流れ、何かを掴むことは出来なかった。何故だか怖くなって手を引っこ抜いて、寝室に戻った。ベッドにはくまちゃんというぬいぐるみがいて、６歳の頃から今に至るまでずっと私の隣で寝てくれている。

壁の穴に消えたものは何処に行ったのだろう。母親は私が９つの頃に帰って来て１０歳の頃にまたいなくなった。その日のお昼ご飯に母親はオムライスを作り置きしてくれていて、私はその横腹にトンネルを開けて食べるのが大好きだった。１０歳の私は７つの私と違って母親が今日いなくなることも、父親の暴力が続くこともわかっていて、母親がいなくなった後の台所で、真っ昼間に一人でオムライスを食べた。ラップを外しいつものようにスプーンでトンネルを作り始めた時、ブワっとした空気が何処からか流れた。マギー審司のフェレットくん、マルキョウの大水槽、７２のＴシャツが、他にも沢山、ダイエーの屋台の今川焼きや「ミニモニ。」の辻ちゃんのキャップや壊れたたまごっちの機械やいつの間にか何処かに行ってしまったもの達が、トンネルを掘り進めて行く度に後から後から出て来て、スプーンの先っぽに当たった。星のようにピカピカと光って、トンネルの中はそれらの光でいっぱいになり、その中を温かい風が吹き抜ける。私は恐々とスプーンを動かして光を掬い集め、口に運んだ。ケチャップとバターのしょっぱさと懐かしい味に驚いて、私はあの壁の穴だけはもう何処にも行かないのだとわかった。

汁

初めて自殺未遂をしたのは１５歳になる冬だった。

２階の自室の窓から屋根に降りて、こっそり家を抜け出した。屋根に登るのには慣れていて、玄関の鍵がない時にはいつも２階から家の中に入った。未遂になって帰る時も、同じ方法で家に入った。靴を置きに下に降りると、父親がリビングでＡＶを観る音が聞こえた。

２階の廊下の壁には大きな穴が開いていて、家の前の持ち主はフェレットを飼っていた。家を買う当時はそれを使うマギー審司のマジックが流行っていて。誕生日に母親にねだって彼のマジックセットを買ってもらった。フェレットくんはいつの間にか何処かに行ってしまって、私はきっと廊下の壁の穴から逃げて行ったのだと思う。

それは確か小学校に上がる前で、横浜住み、というのが私の自慢だった。福岡市の外れの何もない田舎なのに大そうな名前と海が側にあった。時々そこで川崎という子と遊んで、彼は私にペットボトル爆弾の作り方を教えた。爆竹と砂を詰めて海に流し、魚が白い腹を次々に見せた。
私は彼のことが好きになった。

彼との出会いは3歳の時で、私は保育園の運動会の駆けっ子でビリしか取れなかった。参加賞で貰ったくまのぬいぐるみといつも一緒に寝ていて、朝起きると母親がいなくなった日にもくまちゃんは隣にいてくれたけど、私が母親の家に引っ越す時に彼は何処かに行ってしまった。
川崎のパパとママは何処に行ったの？
彼は仏壇の鐘をチーンと2回、鳴らした。

次に自殺未遂をしたのは17歳になる夏だった。
放課後、家に帰らずに街に出ることが度々あって、横浜から天神までは電車で3、40分程かかるくらい距離があった。8階建ての商業施設の屋上には簡単に侵入することが出来、ビルの端に並べた靴には、街の光がキラキラと反射した。未遂になったのは天神コアの警備員に捕まったからで、その日の夕食のオムライスに私は、いつもの癖で穴を開けて食べた。母親の得意料理だった。

私の住む横浜南のチームが地域のドッジボール大会で優勝したその日も、家に帰るとオムライスが食卓の上にあった。「決勝戦頑張ってね」という置き手紙と共に母親の姿は消え、これで彼女が横浜の家から出て行ったのは2回目になった。小学3年生の私は時折、川崎の家でご飯をご馳走になったが、当時の私には川崎が何故あんなトタン屋根の薄汚い平家に住んでいるかわからなかった。
みかりちゃんようきたね
ほげ、汁ば食べんね
100歳に近い川崎のばあちゃんが、今何処で、何をしているかを私は知らない。

私の家はT字路の突き当たりにある大きな家で、吹き抜けの玄関を入ってすぐの棚には固定電話が置かれ、1時間ごとに「エリーゼのために」が流れた。12時だとか1時だとかきっかりの時間に流れるはずが、いつも42分くらいに流れて、それを直す人は誰もおらず、保育園の頃に母親に習わされたピアノも、中学の頃には辞めてしまった。いなくなった母親代わりにご飯を作りに来てくれたピアノの先生には「お母さん帰って来て良かったね」と言われた。母親が横浜の家に帰って来るのは全部で2回目になった。

横浜の町に次第に建物が増えた。
九州大学のキャンパスが移って来たの
だと聞いた。

母親の住む家と町を父親は薄汚い町と
言い、浪人期に私は彼女と再婚相手
とがいるそこに移り込んだ。それから
大学進学を機に東京に出て、帰省中も
その家に帰るようになり、私を父親が
殴ろうとして逃げて空いた壁の穴のこ
と、はあまり見なくなった。そこから
何が出て行ったのか、

潮の音が聞こえた。

私が大学の時に大きな台風が来て
吹き抜けの屋根がバアッと落ちて
ガラスが広がって
父親も誰もそれを直す人はいなくて
横浜の町からは
T字路の向かいの自販機は消えて
川崎ん家はコンクリートの更地になっ
て
保育園は海の近くから移転して
土地開発が機らしく
父親は再婚して横浜の家を出て
それは売られる
大学卒業後見に来たけれども
やっぱりフェレットもくまちゃんも
ピアノもオムライスのお皿もドッジボ
ールのトロフィーもなくて
がらんどう
なのに廊下の壁の穴はそのままになっ
ていて
家を取り壊すのだ
と父親が告げた時
私はペットボトル爆弾で彼の腑に穴を
開け
水しぶきがキラキラと反射し
波の音が聴こえ

私は川崎のいない場所を好きなること
は一生ないと思う

おとなだろ勇気をだせよ

丸一日かかって何度も車で往復して重
い物を持って草臥れて　ふと振り返る
と
山の端！
昼と夜の境目　空と陸の端の青と紫と
ピンクが見えて
やまのはってどう書くか知ってる？
と言っても母は知らなかった
705前の廊下からは毎日草臥れかか
った夕日が見える

車の中での会話
小さい時二人でよく行ったマルキョウ
の生簀覚えてる？
私がよく着ていた72のTシャツ、首
元と袖口が黄色であとは青くって、胸
元に72の数字とウインクしたウサギ
がプリントされているTシャツ覚えて
る？

私が気に入ってたオレンジのミニモニ。のキャップは覚えてる?
生簀を母は完全に忘れていて、Tシャツとキャップは何となく覚えていたけれども
キャップを新幹線でなくしたと言ったら、保育園の頃私は新幹線に乗ってはいないと
山口の水族館にはおじいちゃんではなくパパが嫌々ながら連れて行ってくれたと
記憶が錯綜しているんじゃないかと
話していたら車は幾つもの曲がり角を
曲がり海に近いマンションへ

新しい町には海風と潮の匂いがあった
前の町とは違って鈴虫はいないと思ったけど
夜には鳴いて前の家への道を思い出して
田んぼと下水道との間の小さい平家からは
特に何も見えないけどよく眠れること
を思い出した

次の日昼まで寝ていたいのに母に叩き起こされて
ホームセンターに行ったり段ボールを片っ端から開けたり
昨日も今日も母はまだ帰らない片付けると言って、そのせいで昼ご飯が永遠に食べられず
冷蔵庫と洗濯機代を母が出すと言っといて出さず
こっそり舌打ちをしたり

私は海響館の夢を見ない
見るのはマルキョウの大水槽のことだけである
母がよく連れて行ってくれて
ベッドは丸一日では持って来れず布団が固くて眠れないと言ったら
母に叩き起こされて
お陰で部屋はすっかり片付いて
ありったけの日用品とチャリンコとを
母はこっそりクレジットで買ってくれて
私がチャリンコに乗って帰ると台所に立ってお皿を洗っていて
ようやく帰ってくれる時にはちゃんとご飯食べなさいよときっと私を睨んで
その後ろで日が暮れ始めていて
山の端ってどう書くか教えたの覚えてる?
と聞いたけど母は覚えていないと
その癖毎晩メールするのと次の日重たいベッドを持って来るのを忘れず
記憶が錯綜しているのではないかと
前の町と同様新しい町でも生簀と72のTシャツとミニモニ。のキャップは見当たらなくて
空がまた暗くなる
おとなだろ勇気をだせよ
メールに添付された曲が勝手に鳴って
振り返らずとも
暗くなった空にまぶたの裏に
青と紫とピンクのさざなみが見える

つまり今日こそ私は草臥れ過ぎて昼まで寝ていたのである！

スコーン

こんなフンイキが
気持ち良いとか恥ずかしいとか
ごちゃごちゃうるせえ
やることはわかってる
早く終わらせろスコーン食いたい
冷凍庫で冷やされて待ってる

あんたは私の頭を小さい小さいと撫でたり
押さえつけたり揺さぶったり
私に逃げ場はないし
すること一つだから
脳味噌縮んで小さいんだろ
飯のことだけ考える
これ終わったらスコーンが食える

どうして好きな人と以外はセックスをしてはいけないのか
考えても答えは出て来ない

好きな人とのセックスはとても気持ち良いものらしいが
私は誰としてもキスの時に交換される粒子の数や、今何処を舐めた方が良いかということや、終末まであとどのくらいの時間があるかということを
ずっと考えている
つまりは誰のことも好きになれないのか
スコーンを食べることの方が気持ち良いのか

好きという言葉が自然に出る
小さい脳味噌に出来るわけない
口だ
私達皆
口から先に生まれた子だから
まずキスをさせられ咥えさせられ
終わった後にはスコーンを食う
終わらせるのはいつも貴様らで
言わないと早く終わらないと
遺伝子レベルで刻まれている
私達は憎い

セックスの時にごちゃごちゃ言う奴が嫌い
大丈夫だとか
砂糖とスパイスと素敵なもの全部で出来る
私達の特権を差し置いて
渇くことなく嘘を吐き続ける下の根を
噛み千切ってやりたい
スコーンは冷やすとより硬く
粉とバターと牛乳と
シンプルな素材で出来ている

スコーン2

反復ばかりでつまらない。ただの上下運動の繰り返し。挿れる・咥える・握る。全てそう。それなのに皆が病み付き。

肉便器という言葉があるがＢＭＩ13の私の体に肉はなく、つまりただの便器である。便器だから皆温もりを感じるし安心して中に出せる。最近の便器は暖房効果があり、皆出した後も離れたがらない。痩せ過ぎの私は妊娠しないのでほっとするし、「ギュってしてるだけで癒される」らしい。

セックスはコミュニケーションだというが、それならば繋がっているところから思考が伝われば良い。早く終われ。

非常に暴力的。侵入される女、組み敷かれる女、終わらせるのはいつも男の方、なのに孕むのは女。終了後いつも言われるが何が「ありがとう」だ。お前らは酷いことをしている、私の時間を肉体を精神を蹂躙し、無責任に妊娠のリスクをも負わせ、そうさせてくれて「ありがとう」なのだったら、お前らは悪魔である。

だけれども勘違いするな。お前らが食った栄養分を凝縮し必死こいて作った精子を、無数のいのちを、私が、膣が殺している。お前らのいのちを吸い取って、卵子に辿り着かせもしない。お前らは私を支配・征服した気分になっているかもしれないが逆である。

私と一番相性が良いのは慶應卒の会社役員だが、どんなに経歴が良くともただの反復にだらしない顔をするのは笑える。半年ぶりに会った彼は肥えて、海が見えるのが売りのホテルの「海が見える階」は埋まっていた。更に雨が降っていた。

新潟から月に一回会いに来る九大法学部卒は申し訳ない申し訳ないと言いながらきっちり出すものは出していく。

申し訳ないのは私になのか、新潟にいる奥さんになのかわからないが、彼の話振りは賢く、肌は透き通るように白い。

きっと優秀な子供なのだろう、３０００００００個のお前らの命を私の膣がぶじゅりぶじゅりと握り潰す。私には卵子がひとつもない。私の命は死なない。死ぬのはお前らだけで、私が殺す。この快感よ！

セックスの最中にこそ宅配便が三回も届く。全て食料品である。

愛とかいうよくわからないもののせいでセックスを良いと感じるならば、私には愛がないことになる。そりゃあ感情のある便器なんて気持ちが悪いし、感情がないからこそ安心して跨がれる。文句も言わずうんこもしっこも精子もあなたの全てを受け入れます。

「優しくて天使みたいな女の子だね」と言われたことがある。天国に近付いているのは私じゃなくて殺されるお前の方だし、天国じゃなく地獄に堕ちろと思う。私は照れたような可愛らしい顔を作って耳元で「ありがとう」と囁く。だらしない顔が見える。

子供はコウノトリが運んでくると教わったが、宅配便はヤマトと佐川が運んできたし、ラブホテルの前にあるこのマンションの名前はユリカモメである。届いた荷物の中身を早く改めたいと思ってただの上下運動に楽しい顔をしている。中身はホットケーキミックス。こいつが終わったらあれでスコーンを焼く。誰にも渡さない。焼いた後はすぐに冷凍庫で冷やす、とより固くなって美味しい。私の血肉というかＢＭＩ13の恥肉になり、お前らの栄養分が詰まった精子を殺す栄養分になる。だが卵子は出来ない。だからお前らを殺せるし、上下する視界の中に、お前らの首根っこ捕まえて三角形のスコーンの先でカッ裂いて真っ赤な血がドクドク滲むのが見えて、期待のあまり喘ぎ声が出る。

下着に血が付いていていてびっくりしたが、股の付け根を蚊が刺して掻き毟って血が出ていただけだった。蚊すらも私に病み付き。私は股倉を掻きながら終わったらすぐに「口直し」が出来るよう予めスコーンを焼いて冷やしておくのが反復というかつまらない習慣になっている。

海とスコーン

誰かとセックスした後
風呂入っても鉄臭さが抜けない
頭が痒い
突かれてる最中ずっと
ドゥルーズの『マゾッホとサド』のこ
とを考えている
「快感は、遅れて、迂回して、宙吊り
になるからこそやってくるのであり」
スコーン早く食いたい
わたしは終わるとすぐに食べられるよ
う
スコーンを焼いておくのが日常
その角で誰かの喉を切っ裂けるよう
わたしを乱暴に扱う貴様
誰かれ構わず乱暴させるわたし
終わった後のスコーンはひたすらに美
味い
遅れてようやく食えるからだ
わたしは痩せ過ぎて妊娠しない
みんな死ぬ
膣内で行き場を失った精子達
スコーンに貪りつくわたし

だが彼はコンビニエンスな快楽だと言
った
誰かとのセックスはコンビニで買える
と
わたしと彼とはコンビニエンスな関係
で出会った
今泉公園のファミマ前は
待ち合わせの聖地だと言われている
ファミマで買えるお菓子ではなく
彼はミスドのドーナツを買って来た
ミスタードーナツの穴
わたしはそこに指を出し入れするのは
まだかと
早く終わればドーナツが食える
しかし彼は手の甲にキスをしてわたし
を抱きしめ
その日精子は死ななかった

わたしは女であり
わたしは不感症である
「肉体の感動というものが、ないので
ある。」
坂口安吾が言う
わたしは海である
冷たく、暗い海である
全てのいのちは海から来て海に還る
わたしは女であり妊娠しない
だからからだを誰彼もが求める
快感は波
寄せては引くを繰り返す
わたしはとてもつまらないと思う

コンビニで海は買えるのか

「誰か」とのセックスだから
スコーン早く食べたいのか
快感が遅れてやって来るのなら
幸せも迂回して、宙吊りになってやっ
て来て良い
彼の唇が手の甲にある
額にある
太腿の裏にある

時間が終わらないのが
永遠に続けば良い
彼は丁重にわたしを扱う
精子は死なずとも
わたしは女でなくても良い

わたしは海であって良いのだ
精神の感動

その瞬間
不感症とスコーンはとても
つまらなくなる
「快感はほんのわずかな時間で終わり
永遠に続く快楽のことを幸せと言う」
というのは
わたしの言葉
わたしはひとつになる
わたしの体を優しく抱きしめる
遠い過去の母の温もり
今現在の彼
未来のわたしと何処までも続く
海
いつからもいつまでもある

海

取り敢えず水は買えた

セックスの後はやはり
頭が痒く　それは
わたしは天パとしか突き合ったことが
なく
風呂に入るのもスコーンを食べるのも
後回しになるからで
浴槽に湯を張る
濡れた髪が
ドーナツ状の輪になり
臍に届き
海岸とわたしの体をつなぎ
臍の緒になり
波が寄せては返し鉄臭さが削れ
血の臭いに
段々と
潮の匂いに変わり
わたしは敢えてスコーンを口にし
柔らかくホロホロと蕩ける切っ先で
肉をつけ
妊娠出来る体になることを思う

快楽を永遠に続けていたい
砂砂糖が口に
海だ

スコーンと怒り

私は拒食症である
拒食症であるので右を下にして眠る
消化に良くて痩せるからである
脇腹に肋骨が出ている
右肺を突き刺して息が出来ない
気持ち良い
私は夢で誰かを殺す
肋骨で喉を掻き切って殺す

私はスコーンを焼く
粉とバターと砂糖とチョコを混ぜる
まとめた生地を等分し
八つの三角形を作る
先端は鋭く
丁寧に指先で整える
太るバターをたっぷりと使う
そちらの方が美味しくて
鋭い頂点で誰かの喉を
掻き切って殺せる

真夜中である
私はスコーンを焼く

私は不妊症である
拒食症であるので不妊症である
痩せ過ぎて妊娠しないので
私は男達の上に跨る
膣中に射精させることで
行き場のない無数の精子が死ぬ
気持ち良い
私は肋骨を手に取る
ずっしりと重く
喉仏の上で光っている

私は子どもで
飲み込むことしか出来なかった
スコーンという名の怒り

女の癖にデブと言った奴
ライブハウスで胸を触った奴
私に無理やりキスをして押し倒した奴
ゲーセンで遊んだのにデートだと思ったのに
手を引かれて知らない場所に行って入ろうと言われて
何処かはわからないけれど何故か嫌な予感がしてでも無理に
暗い中大きなベッドだけがあって初めてだったのに何もわからなくて
その後一つも連絡はないしデブの癖に調子乗るなと言った奴
性的関係をネットに書き込みストーキングしてきた奴
風俗で貰った毛じらみを私の頭に移した父
酔っ払ってペニスを握らせてきた義父
ガリガリで気持ち悪いと言った彼
デブと書き込んだ無数の男

スコーンは膣の形をしている
指先で丁寧に
体重を整える

右を下にして蹲って眠る
私自身がスコーンになる夢をよく見る

怒りで
体が熱って眠れない
私は不眠症である
不眠症であるので
真夜中に
粉とバターと砂糖とチョコを混ぜ
八つの肋骨がオーブンの中で熱く
鋭い形になっていく
とても良い匂いがして
たっぷり息を吸い込む
気持ち良い

腹を空かせた男達
私は大人になりました

スコーン食べる？　焼いてあるよ。

マーガリンは恋

はじめてバターを見たのは『ちびくろ
サンボ』の絵本だった
虎達が木の周りをぐるぐる回ってやが
てバターになってしまう
お父さんが「うちへ持って帰ってマン
ボに美味しいご馳走を作ってもらお
う」と言う
ホットケーキをサンボはお父さんとお
母さんよりも食べる
というのをママがわたしに読み聞かせ
てくれて
ママはよくわたしにホットケーキを焼
いてくれていたらしいけど
そのことを全く覚えていない
パパもよくホットケーキを焼いてくれ
たけど生焼けだったり焦げていたりし
て
美味しくはない

ママがよくフレンチトーストを作って
くれていたことは覚えている
卵と牛乳と砂糖を混ぜた卵液に前の日
からしっかり漬け込んであって
冷蔵庫にそのバットがあるのを見るの
が嬉しかった
翌朝バターをたっぷりと使ったふわふ
わのフレンチトーストが焼ける
朝の光にキラキラと黄色
ママが家にいる頃は『ちびくろサン
ボ』もバターも家にあった

『ちびくろサンボ』は黒人差別的だと
問題になるけれども
一番の問題はお父さんが「マンボに美
味しいご馳走を作ってもらおう」と言
ったこと
何故お父さんは自分で作らないのか
ホットケーキくらい自分一人で焼ける
だから多分ママのホットケーキのこと
を覚えていない
自分一人でも何回も焼いたから
パパはホットケーキくらいなのに上手

く焼けなくてまずい
『ちびくろサンボ』のようにバターを
使っているのを見たことがない

パパは勿論フレンチトーストなんて焼
けない
卵と牛乳と砂糖とを混ぜた卵液に漬け
込むなんて丁寧なことは出来ない
食パンを生のまま齧る
齧らなければならない
ママのいなくなった
食卓は戦争
誰がパンを多く食べ飢え死にしないか
バターは高価で家からなくなった
代わりにマーガリンがあった
ネオバターロールという安い袋入りの
パンもあった
バットに漬け込まずともそのまま食べ
られた
中心に入っているのはバターじゃなく
マーガリン

大好きだった『ちびくろサンボ』の絵
本もいつの間にかなくなっていた
サンボの両親はサンボに綺麗な服を買
ってくれた
パパはわたしに「女の子はピンクを着
なければならない」と
ユニクロのどぎつい色のポロシャツを
買って
一度も着ることはなかった

わたしは男の子のような女の子になっ
た
髪は短くスカートを履くことはなかっ
た
わたしはマーガリンを食べた
わたしもまた食パンを卵液に漬け込め
なかった
代わりに食パンをトーストして
たっぷりのマーガリンを
たっぷりのたっぷりの
マーガリンを
塗った
食パンにはボイルドソーセージを挟ん
だ

初潮が始まっても誰にも言えなかった
性器の周りの毛を抜いた

わたしは可愛い女の子になった
可愛い可愛い女の子になった

ホテルのモーニングビュッフェにはバ
ターもマーガリンもあって
バターの方を沢山取ったけど
マーガリンの方が舌に馴染みがあった
コートのポケットには空になった個包
装のバターがあって
いつ食べたのか覚えていなかった
ので冷蔵庫のドアを開けても
ひとつもバターはなく
マーガリンの箱が山積みにしてあった

サンボは１６９枚のホットケーキを食
べた
わたしは厚焼きホットケーキを１０段
食べ
クレープを２０個食べる
料理と甘いものが大好きで

恋人に手料理を振る舞う
手作りのマフラーをプレゼントする
可愛い女の子になった
ママの料理の隠し味はいつもバター
ホットケーキ、フレンチトースト、オムライス、ポテトサラダ
その全てにたっぷりのバターを
ママはとても可愛い女の子だから
子ども達のことが大好きでバターを使ったのだと思う
男の人に愛されて駆け落ちしたのだと思う

わたしは誰かにあげるものには
絶対にマーガリンを使わない
高いバターをわざわざ買って
たっぷりと使ってケーキやスコーンを焼く
だけど自分ひとりで食べるものは
絶対にマーガリン
バターより安くカロリーは低く
味は劣るけど
バターを食べても吐いてしまう
痩せ過ぎの可愛い女の子になった
「せっしょくしょうがい」という言葉は
『ちびくろサンボ』の中には出て来なかった

家には食べ物も『ちびくろサンボ』の絵本もなくて
わたしは何でも食べられるビュッフェに行くのだけれども
何を食べても
ホットケーキとクレープを３０個食べても
満たされなくて
家に帰ってコートを脱いで
自分一人でホットケーキを焼く
のに冷蔵庫にあるのは
マーガリン

でもきっともう終わる
恋と愛は違うものだもの

可愛い女の子はお嫁さんになって
お母さんになるものなので
わたしはきっとまた
『ちびくろサンボ』を手にする
子どもに読み聞かせる
月経のために卵と牛乳と砂糖を混ぜて
卵液に漬け込んだ
フレンチトーストを
たっぷりのバターを
子どもは毎晩
虎がバターになるお話と
翌朝が嬉しくって眠る

おはよう
ふわふわの
朝の光
わたしがバターを口にする日

ノンソロ・ピッツァ・ルーナ

夜の道を行きます
自転車に乗って行きます
あなたはスコーンを焼きます
その三角形の頂点で誰か
嫌な奴を殺せるように
ですが最悪です
ピッツァでは人を殺せません
幸せの象徴だからです
私達は美味しいものを適量食べられる
のが良いのです
いくらピッツァが好物だったとしても
丸々一枚食べるのは苦しいです
でもそれが一人だとわかりません。
丸々一枚を苦しみながら食べることに
なるので
ピッツァとは誰かと食べてこその幸せ
の形です
美味しいものを誰かと食べられるとい
うのは幸せです
ですがそこに至るまでには大きな選択
が要ります
手放すこと

痩せていること
ピッツァのカロリーはとても高く、普
段カロリーを抑えて食べているあなた
の努力は台無しになります。あなたは
どんどん太って醜くなります。
一人で好きなだけ食べることと、一人
の時間
あなたはその時間ピッツァを食べずと
も、焼肉だとかありったけのパンだと
か、別の美味しいものを一日中一人で
食べて、独り占め出来たかもしれませ
ん。それらの予定を全てキャンセルし
て、誰かと食べるためにお皿を買いに
行ったり、二人分の手料理を用意した
り時間を使わなければなりません。
そしてお腹がいっぱいでも
吐かないこと
太るのが嫌なのなら、満腹が気持ち悪
いのならば、吐いてしまえば良い。
ですが
嘘を吐かないこと
あなたは用事があると嘘を吐いて人と
食べることを避けることも出来ます。
誰かと食べた後に喉に指を突っ込んで
食べたということを嘘にすることも出
来ます。
それらを手放すこと
放した手を繋いで
あなたは食後に誰かと夜の街を散歩す
ることも出来ます。
それはとても気持ちが良いものです。
クロワッサンでも人を殺すことが出来
ません
ピッツァと同じで頂点が柔らか過ぎま
す
スコーンくらいの硬さが丁度良いので
すが
今日のあなたはそれでも人を殺せませ
ん
痩せたいあなたは普段スコーンを焼く

のに低カロリーの粉を使いますが、
人にあげるものにはきちんと普通のも
のを使い美味しく仕上げました
あなたはそれを食べないということも
出来ました
わざわざバターを買いに行かないこと
も出来ました
しかしあなたは差し出されたクロワッ
サンとスコーンを
半分ずつ食べました
きちんとバターを使ったので
スコーンは柔らかく
ほろほろと口の中で蕩けて
あなたの喉を切っ裂くことは出来ませ
ん
ですので最悪です
昼過ぎまで誰かと一緒に寝て
朝ご飯にクロワッサンとスコーンを食
べるのは
幸せの象徴だからです
どんどんと太っていってしまいます
それなのにあなたはそれを選びました

ですが太るのはひとりではなさそうで
す

夜の道を行きます
自転車に乗って行きます
あなたはここでピッツァを吐いて帰る
ことも
キャンセルした焼肉やパンを改めて食
べることも
出来るわけですが
月を見て帰ります
昼に二人乗りで通った道を
他に道はあれど真っ直ぐに
欠けた月の
半分はあなたの中に
もう半分は独り占めではなく
あなたの好きな誰かの中に
太った体で漕ぐペダルは重たくて最悪
です
が幸い
あなたは何処にでも行けます
取り敢えずイタリアには行きました
クロワッサンを食べたので三日月にも

フランスにも行きました
次は何処に行こうか
下り坂になりました
太っているので自転車には勢いがつき
ます
嘘を吐かない
あなたの強さです
幸せとはピッツァをひとりで食べない
ことを選んだ
あなたの強さの形なのです

わたしは夜がとても寂しい

昨日の夜のことです。わたしはタッパーになりました。正確に言うとタッパーの一部が溶けてわたしとくっついて、白くて四角い蓋のついたタッパーにわたしは閉じ込められてしまいました。どんなに足掻いてもそこから出られず、苦しくって、しかしこれが夢だとわかります。タッパーなんて馬鹿馬鹿しい。夢から醒めろ。わたしは自分の頬を叩き、その瞬間景色が変わります。わたしの部屋になります。まだ夜です。あたりは暗く、悪夢のせいで汗をかいたわたしは、体をおこし、水を飲もうとします。しかし指1本動かせません。それどころか布団が重く、わたしの体を押し潰して来て、息が出来ず、過呼吸になります。もっと苦しくって、ここにいちゃいけない、と部屋からどうにかして出ようとしますが、タッパーに閉じ込められたように外に出られず、苦しい、助けて、これは夢だ、これは夢だ……

ぱっと

腕が垂直に上がります。掌の隙間から天井が見えます。途端に部屋が明るくなって、息が出来ます。

助かった。

重たいながらも体が起こせます。じっとりと汗をかいています。しかしこれも夢ではないかと思い頬を叩きます。鈍い肉の感触はあれども頭はふわふわと、ぼんやりとしていて、よくわかりません。ですが掌にわたしのものではない別の熱が伝わります。恋人の太ももでした。わたしの隣には恋人が寝ていて、彼が部屋の明かりをつけてくれました。自分とは違う熱でわたしはこれが夢ではないとようやくわかり、息を吐きます。わたしの様子に驚きながらも彼はペットボトルの蓋を開き、水を飲ませてくれます。冷たい気持ち良さが喉に流れ、生きている心地がします。

わたしは夜がとても怖いです。夜にはいつも変なことが起こります。

例えば悪い夢を見ます。タッパーや部屋の中に閉じ込められて何処にも行けません。よく見るのは壁の穴の夢です。それはわたしの実家の2階の廊下に実際に開いていた穴で、夢の中では風や水が通って色んなものが流れ落ちたり吹き落ちたりしていきます。大好きだったミニモニ。のオレンジ色のキャップ、72の数字がプリントされたTシャツ、マルキョウの鮮魚コーナーにあった生簀、お母さんの作ったオムライス、いつの間にか何処かに行ってしまったもの達が現れては壁の穴の中に落ちていきます。わたしの父が妹を殴ろうとして、妹が避けて開いた穴がわたしの夜にはよく現れます。

或いは自殺未遂をします。一回目はマルキョウの近くの歩道橋、二回目は天神コアという8階建ての商業ビルの屋上。わたしは夜に家を抜け出して高い所から飛び降りようとします。下を見ると車のテールランプやビルディングの灯りで世界がキラキラと輝いていて、ここから落ちればきっと何もかもなくすことが出来ると思います。6歳の頃に急に母がいなくなって、毎晩ぬいぐるみのくまちゃんと寝ていたことや、

くまちゃんさびしいよ
まま何処に行ったの
と毎晩泣いたことや
或いは星が降って来ます。
わたしは星になる夢を見ることもあります。

流れ星が降って来たのと同じなんよね。なんか、誰にでも落ちる可能性はあるんやけど、それが「たまたま」わたしやったってだけで、ひゅるりって綺麗なのが落ちて来て「たまたま」わたしの頭にぶつかって、それから何かが取り付いたって感じ。
わたしはその夜食卓を前に、彼にわたしの病気についてそう話しました。幼少期、私の父は仕事を終えて夜遅くに帰って来て、母はずっといません。家には食べ物が殆どなくて、昼間は給食があって友達がいるからまだしも、
夜はとてもお腹が空いて
さびしい。
わたしは給食の残りのパンをたらふく持って帰ったり、何もないけどお腹が空いて堪らないので、クリープの黄色い缶を舐めて丸ごとなくしたり、パンにつけるピーナッツやチョコのクリームやマーガリンを食べたりして、とっても太っていたことを思い出しました。小学生なのに体重が70キログラムくらいあって、それで周りやパパからデブ、ぶた、と虐められ、パパから殴られていたことを思い出しました。思い出がぽつりぽつりと、口から溢れ落ち、初めて彼の前で泣きました。

夜がとても怖いです。
沢山のことを思い出します。
わたしは夜がとても寂しいです。
流れ星が降って来ます。

「でもそれは、わたしが悪いわけじゃなくて、「たまたま」星が降って来ただけで、わたしじゃなくて他の誰か、例えばおまわりさんだって同じ目に遭う可能性はあったわけで、或いは他の形で「現れる」こともあるわけで、
例えばあなたのうつのような「現れ」
それがわたしだっただけで
摂食障害としてわたしには現れただけで
流れ星だと思うんよね
でもどうしてわたし「だけ」
わたしだけに落ちて来たのでしょう
夜がとても怖いです
ひとりだからです
わたしは夜がとても寂しいです
寂しいと何もないので
食べてしまいます
食べることは生きることです
親が食べ物を与えるのは愛です

「だけどそこに戻りたくないんだよね」
ぱっと
恋人の言葉に私は我に帰り、強く肯きます。目の前の夜ご飯にはあまり口を付けていませんでした。それどころかもう付けなくても良いかなと思っていて、わたしの過食は夜に酷くなるから気を付けろと病院で言われていましたが、この夜は自然と箸が止まっていました。彼に、我を忘れて食べることが誰かといる時に始まったらどうするの？　と尋ねられ、そう言えば友達といる時に過食したことはない、と返して不思議に思いました。

わたしは夢を見ます。

わたしは夜がとても寂しいです。

天神コアの屋上には8階の階段の先の扉から入ることが出来ました。空調機やパイプが並ぶ中を潜り抜け、屋上の端の方に立ちます。夜風がびゅっと吹き付け、セーラー服のスカートが綺麗な円を描きます。額は夏の蒸し暑さに汗をかき、あと一歩踏み出せば、全部なくなる。

17歳の私はまだ太っていました。ずっと嫌でした。

壁の穴は修理されず何年経っても開いたままでした
そこから私も零れ落ちるのだ、今。

体をゆっくりと傾けていきます。

街の明かりがキラキラと光って見えて、とっても綺麗で、息が苦しいです。ここにいちゃいけないのに、何処にも行けなくって、苦しい、助けて、ようやく
ぱっと
誰かに腕を掴まれます。天神コアの警備員さんでした。傾いていた体は地上に連れ戻され、掌から彼の熱が伝わります。

助けられてしまいました。

警備員さんは私を警備室に連れて行き、紙コップの冷たい麦茶を飲ませてくれました。生きている心地がして、涙が出ます。

何があったのと尋ねながら、彼は私の手を優しく握ってくれて、その感触に私はこれが夢でないのだとはっきりわかります。

自分を殺す夢を見ます。

62歳と言っていた警備員さんがまだ生きているかはわかりません。


夜が怖い。

わたしは夜がとても寂しいです。

しかし恋人と食卓を囲んだ夜に、わたしは何かが降って来るような気がしました。

彼はうつを経験したことがあって、彼にも父親がいませんでした。ですが、周りの支えのお陰で回復したと言い、私が作った料理を美味しい美味しいと言って食べてくれました。そして
「あなたはひとりじゃない」

「一緒にいたい」

と言ってくれました。わたしはそれが嬉しくて、カロリーや量のことは考え

ずに彼と食事をして、自然とお腹がいっぱいになれました。一緒にベランダに出て7階から夜の街を見ました。やたらとパチンコとラブホテルの明かりがぎらついているのに笑って、下を見ることはありませんでした。

「良い夜だね」

「本当、こんなに良い夜は久々」

わたしは心からそう言いました。寂しくて夜ひとりで泣いてしまうことがあります。パパもママも帰って来ません。わたしと一緒にいてくれる人は誰もいなくて、ひとりぼっちの星になる夢を見ます。何処か遠くに行きたいのに足掻いても足掻いてもタッパーから出られない夢を見ます。お腹の中心に壁の穴がぽっこり開いて、食べても食べても全て零れ落ちる夢を見ます。夜は一番ひとりで、寂しくって、けれども悪夢は誰かの熱で醒めることが出来ます。そうして起きると、わたしはひとりじゃないと言ってくれる誰かがいます。

「あっ流れ星！　ウッソ〜みたいな下らん話したくない？」

「UFOなら見たことあるんやけど」

「まじ？」

「うっそー」

恋人が悪夢から目醒めさせてくれたその日、次の日の朝まで夢を見ることはありませんでした。わたしは週に一回恋人と夜ご飯を食べるようになりました。次の月には友達とも、何年かぶりにご飯に行きました。次の次の月にも行きました。不思議と我を忘れて食べることもカロリーや量を気にすることもなく、「普通に」食べられました。次の年にわたしは恋人とも友達とも旅行に行きました。どちらでも夜遅くまで起きて重たい身の上話も馬鹿馬鹿しい話もしました。それでもふたりとも側にいてくれました。夜眠る時に大好きな人の寝顔が見えて、もしまた悪夢を見ても大丈夫だと思いました。心配は杞憂で、昼過ぎまでぐっすりと眠れました。わたしはあなたとも繋がりたいので

もう一度語らせて下さい。

昨日の夜のことです。

わたしの病気の根底には寂しさがあります　という

星が降って来ました

それはわたしの体を巣食うことなく

壁の穴を何度も行き来しては

ぱっと

あたり一面に散って

世界を照らしました

壁の穴を通り過ぎた全てが

何もない空間に

キラキラと

ある道を照らし出します

わたしは体が自由に動かせ

息を大きく吸い込みます

冷たい風に涙が乾き

生きていました

わたしはくまちゃんの手を取って

タッパーと部屋からようやく

外に出ます

わたしは夜がきても

リリー

百合の花が好きだと言ったので生けた
のに、あなたはそう言ったことを覚え
ていません
私はマフラーを編んでいます。一目一
目
丁寧に
あなたが欲しいと言ったのです
あなたが欲しいと言ったので
私は他の３０億人の男を捨てました
あなたは断ち切るのだと言いました
私の他の男への迷いや
私の家へのしがらみを
新しい場所には私が漕ぎ出る海も
頼れる親も友達もいません
その代わり良い土と水があると
あなたは言います
あなたは田舎へ行くのです
それに私もついて行くのです

私はケーキも焼きます。あなたが遊び
に来る度に
今日はシフォンケーキ
明日はパウンドケーキ
あなたが欲しいと言ったので焼いたの
に
タルト・タタンはお口に合いませんで
したか
腐って捨てられてしまったのを
あなたが見せずとも私はわかります
私は断ち切りました
職を捨て家を捨て
大好きな海と友達を捨て
あなたは毎日仕事に行って
付き合いで夜遅く帰って来るので
私は百合の花の水を使って
沢山の夕食を拵えられます

私はマフラーを
一目
一目
丁寧に編みます
一玉編むのに五時間かかり

全部で五玉あるのですが
あなたが欲しいと言ったので
私は糸を切り全てを断ち切り
あなたについていきます
マフラーがあなたの首元に巻き付いて
このマフラーは仕事では使えないとか
次は手のかかるショートケーキを食べ
たいとか言う
あなたを殺す
のがとっても楽しみで
一目
一目
心を込めて
一番時間がかかるやり方で
編んでやるのです
それが一番目が細かくて暖かくて
田舎の夜が寒いことも
あなたが歓楽街に働きに行くことも
タルト・タタンに使える良い林檎があ
ることも
私は全て目をつけられるので
真っ直ぐに帰って来て下さい
休みの日には海に連れて行って下さい

あなたがすべきことは
毒の入った沢山の夕食を
うまいうまいと言って食べて
死ぬことです

良い土と水と雨風の凌げる家を与えな
さい
断ち切った糸の先で
永遠に
がんじがらめになりなさい
欲しいと言ったのはあなたです
あなたも百合の花を生けなさい

その花綺麗だね、どうしたの？　と言
った
あなたは愚かで
馬鹿ね、
私はにっこりと笑います
嬉しくって堪らなくって
百合の花はきっともっと大きく育ちま
す

じゃーしん

神様私は何処にいるのですか
スマホの中ですか
素麺の中ですか
のぞいてみたけど流れる水しか見えま
せん
パンの欠片とか
ナンのチーズとか
夏は手が荒れないから良いですね
合掌
ナムアミダブツ

水仕事は得意です
或いは商売と言うべきか
一瞬にして3万円が
賽銭箱に消えるのは
良い趣味です
神様私は天使と言われたことがありま
す
天使みたいな女の子だと、お迎えはま

だですか
早くしないとインドバームスカンのラ
ストオーダーに間に合いません
いけませんですた
ナムアミダブ

そこ
そこというのは何処です?
凡ゆるお供物のクッションです
ないと不安になりますね
なくした時もずっと祈っていました
どうかありますように
終点の駅に届けられたリュックに
いました

神様
蛇神様

~祈りの作法~
そこが大事です。ナタデココになりま
す。お供物は煮たり寄ったり大概焼肉
パンラーメン中華韓国ホルモンチーズ
ナンなどで、チョコレートやクッキー
や一日何十個ものアイスクリームは最
後に供えます。終わったら賽銭箱の前
に立ち
合掌
出て来い
そこにいるんでしょ
(某ＣＭフラッシュバック)
お辞儀を何度もして水を濯ぎます。
段々と私と私の中が透明になっていき
ます。
あなたと繋がれます。
終わった後には血が出て辺りが水浸し
になっています。犠牲は要りますよ
ね。
ナムアミダ

賽銭箱が詰まる度にバチが当たると思
います
ただ好きな物を供えるだけなんですが
女の子は3万で生贄になります
私は身長１６５センチメートル、体重
３６キログラム、ＢＭＩ13で表され
数字というのも一つの神様なのですよ
神様

あなたが

何処にいても良いですけれど
これだけ祈っているならば
少しは幸せになれると良いですね、神
様
合掌
来世のことですかね

わたしのあかちゃん

あかちゃんがほしい
あかちゃんちょうだい
やわらかくってあったかい
おんなのこだとうめるのに
やせすぎてうめない
きょしょくしょうだとうめない

きょしょくしょうはせいしきには
神経性痩せ性といって
しんけいがやせようとする
しんけいのあつまるのうが
やせたいというのだけれど
こころはいつも
おなかがすいて
あかちゃんがほしい
あかちゃんののう
ちいさすぎてきっと
やせたいなんていいはしない
おなかがすいたら
こころからいっぱい
なきさけんで
はやくちょうだい
いっぱいちょうだい
おっぱいをあげたい
やせてしぼんだこころから
おっぱいはでない
ちっそく

すきなひとのしんけいを
一億個
からだのなかにとじこめても
やせすぎのちつはしまりがよくて
ぶちゅり
しめころして
ぶちゅり
むだにする
一億個のいのち
たべられなくてごめんなさい
ころされたうしの、ぶたの、とりのい
のち
しんけいひとつひとつにきっと
もしもうまれたら、のきおくがありま
した
すきなひとのあかちゃんがほしい
それなのにそのしんけいを
てぃっしゅでふいてごみばこに
ぷれぜんとにくれたおかしも
のうがのうといってごみばこに
こころがなきさけぶのに
たべたらおっぱいがでるかもという
すきなひとのしんけいを
たべられない

おんなのこはどうしておかあさんにな
らなければいけないの？
ほんとはずっとおんなのこでいたい
やせているひとがすかれるとか
たべものにはかろりーがあることとか
しらないで
さんじのおやつをたべたい
たとえ　ぶじゅり
をのりこえてしんけいとつながったと
しても
あかちゃんにあげるおっぱいもない
わけあたえるおかしもない

きょしょくしょうのからだは
ひとりじめ
あかちゃんにあげるえいようも
へそのおからあかちゃんのかろりーも
すいとって
おにくはからだにいいですね
にんぷさんはしっかりたべましょう
ぷくぷくした手足、心臓、脳味噌
あかちゃんはおおきないぶくろ
おかあさんからすきなひとからそのおかあさんからそのすきなひとから
あたえられた
いのち
がつまったおおきなえいよう
おおきな肉塊
へそのおからすって
ひとりじめ
たべちゃいたいくらいかわいい
あかちゃんがほしい

あかちゃんすいとって
ちいさくなって
なくなってしまった

おんなのこはいのちをうめるはずなのに
きょしょくしょうはひとりで
こころ　からっぽ

きょしょくしょうはえいようぶそくで
のうがちぢんでちいさくなるので
もっとちぢんでしまえばいい
みぎをしたにしてあしをおりまげて
うずくまってねむるのは
いがかたむいてやせるから
そこからいっぽんのくだがぬっとのびて
ちぢんだのうからたれたしんけいが
こころとまっすぐにつながって
あかちゃんみたいになりたい
こころがいっぱい
ひとりぼっちでさびしいでいっぱい
おなかがすいたから
はやくちょうだい
いっぱいちょうだい
あかちゃん
あかちゃんのたね

あかちゃんのしんぞう
あかちゃんのいちおくこ
あかちゃんをたべるので
きょしょくしょうはいきられます

ひとりぼっち
あかちゃんがほしい

福岡を立つ

うちの近くには海がある。海には風が吹く。風が吹くけん進める。故郷にはいつも海がある。

福岡市西区今宿には美味い豚骨ラーメン屋がある
うちがよく餃子と炒飯を頼む店もあったけどもうない
魚のすり身を揚げたギョロッケが新鮮市場で売っとる
１００円だったんが１４０円になっとる
裏のスープ屋は潰れて更地になっとる

今宿には長垂海岸がある
そこでうちはペットボトル爆弾ば作った
水柱が立ち魚どもが白い腹見せて浮かんだ

教えてくれた川崎は８０越えるばあちゃんと住んどる
長垂には花火大会もある
大濠公園の花火大会はいつの間にかなくなっとる
なしてなくなった?

波が途切れんで寄せては返して
白い腹見せた魚どもば流した
何もない所になってしまう

天神のコアは建て替えでなくなった
うちが飛び降りし損ねた屋上も
うちの手引いて止めた警備員のおっちゃんは
何処行ったんやろか?
うちが３回入院した福岡大学病院
精神科病棟がある西別館ももうすぐ潰れる
中庭には池があって鯉が３匹泳いどる

あの鯉達はどこ行くやろか？
やけど足が覚えとる
土地勘とは記憶のことである

博多は昔港から栄えた
明太子も水炊きも海からやって来た
海風が吹いて元寇ば倒した
ホルモンは「放るもん」なのに
豚骨ば捨てずに出汁にして煮込む
ここの人達は皆捨てるんが苦手
やけん海の近くに住む

あらゆる生命の源は海である

うちには母親がおらん
父親はたまにしか帰って来ん
川崎のばあちゃんの味噌汁ば飲む
川崎の両親は仏壇の裏におる
みかりちゃん、ええか
海ばない所まで行ってごらん
世界は広かと　大人は
海ばない所まで行かないかん
でもばあちゃん
豚骨ラーメンも明太子ももつ鍋もなかろ
なのになして皆行くんやろか
そげん何もない所へ
そしてラーメン屋もコアもないのに
なして帰って来るんやろか
何もない所に

あらゆる生命の墓場は海である
ばあちゃんの墓も海岸の何処かにある

ラーメン屋はないがうまかっちゃんば食う
天神コアの代わりにパルコとソラリアをぶらつく
ここの人達は何もかんも流されても
波の中に立って
風の吹き方と受け方ば覚える
やけん何もない所に帰る
何もない所でもそこから吹く風は
それを受けて進んだことは
足がきちんと覚えている

うちはテトラポッドの隙間ん中クロックスかたっぽ落とした

いつまで経っても取れんまま今宿の家売った
ここを立つため

大人よ
お前ん行くところは海ばなか
けどな
必ず帰って来るんやぞ
お前の足が覚えとる
何もない海ん中
どうやって進むかを
上手い風の受け方を
海のない所でも
風ば吹かせ
お前ん中ば海がある
それが自立ということや

自分の足で立つちゅうことや
足に自分で風吹かせ
必ず行って帰って来れる
何もない所でも

そこが故郷である限り

海は冷たか。海は激しか。波はうちを弾き飛ばし、風を受け遠くに行かないかん。
行っても何もなか。むっちゃんまんじゅう売り切れとった。あるのは海だけや。海が何処
までも続いとる。故郷にはいつも海がある。風が吹くけん進める。海には風が吹く。
うちには海がある。

ユリカモメの人々

あなたは偏差値が７０あって
皿を綺麗に洗うことが出来ない
部屋に鍵をかけることが出来ない
けれどもあなたは花を飾って
水をやり
綺麗な言葉をかけることが出来る
ユリカモメというのは
このマンションの名前で
その何室かにあなたと同じように
水をやり
言葉をかける人々が住んでいる

ユリカモメというのは
都会の電車の名前で
あなたはそれに乗って海に行く
切符をなくす
けれどもユリカモメにはしょくいんと
呼ばれる人々が住んでいて
あなたを病院まで送ってくれる
海に行けないのはあなただけではなく
マンションの何室かと
病院の診察室と
世界中の知らない部屋と
アインシュタインも同じ
車両に乗っている

しょくいんと呼ばれる人々が
あなたに毎日食事を運んでくれる
ミールキット
そうして子供のようなあなたは
良く、大きくなって
いつか「自立」するのだと
あたたかい巣の中で眠っている
睡眠薬を飲む

あなたは偏差値が７０あって
自分がここに「入れられた」理由も
障「がい」とひらがなで書く理由も
わかるけれども
夜中ひとりでに涙が出る理由がわからない
障「害」がここに「入った」理由がわからない

あなたが花を飾れども誰も見ない
ユリカモメはワンルームタイプの

こどく　である

あなたはユリカモメの人々に
何度かすれ違って
あなたは挨拶をすることが出来る
こんにちは、が冬の空気にピンと伸びる
あなたははにかみながら会釈することも
服を沢山持ってお洒落をすることも
どんな小さな音でも聞き漏らさないことも
空になった皿を職員の部屋に持っていく
ことも出来る
とても真っ白な鳥である

ユリカモメは春になって
北に向かう
ひとつの部屋がもうすぐ空になる
あなたはそのユリカモメに乗って
2リットルのペットボトルから
花を抜き
押し花で栞を作ることも出来る
そこに水をやり
綺麗な言葉をかける
切符をなくせども
車両の中に次第に水は溜まる
塩水である
あなたはユリカモメを降りて
海に向かう

誰もいないのに
世界中が駅にいる
7と0の間

ユリカモメは
1本足しかない
何処までも遠くに行くことが出来る

劣等星

先生は修猷卒で
しゅーゆーとは福岡で一番にゆーしゅーな高校で
卒業して八年も経つのに
先生は六本松のトイレで下痢もらす
トイレは絶対バリアフリーで
先生の手帳には私の知らない比例式のグラフや
食べたご飯のことが書いてあるってでも
どんなに教わっても
思い出せなくて
上手く出来なくて
先生昨日は何食べた？

私は y=ax を

六本松という町には学生が沢山行き来して
僕の学ランは埋もれてしまって
けれど先生のセーラー服の後ろには星がふたつ
とても目立って憧れなのに
どんなに繰り返しても
先生は生焼けの唐揚げを手掴みに信号を無視する
食塩水の濃度は下がるばかりで
先生僕は受かるかな?
厳しいかもしれない

先生は一時間半かけて馬出という所に行くのだけれど
まいだし、というのが読めずにまだ、まだ、まだいでと
タクシーの運転手を怒鳴って

先生どうして私は
何もかもを忘れてしまうのでしょう
六本松には九州大学があったこと
馬出には九州大学病院があること
オーブンレンジを使っていたら
人間じゃない化け物だと言われ
熱量計算をしていたら
人間じゃないロボットだと言われたこと
真夜中に化け物は冷蔵庫を漁り
ロボットはエネルギー不足だと
どちらも泣き叫ぶ
そんな怪談があると先生は話してくれたけれど
それでも僕は思う
修猷に行きたい
手帳の成績のこと

間に合うと思いますか？
厳しいけれどやってみる、と
先生は僕に話しかけてくれた
ことも忘れた

先生の手帳は去年の夏始まりで
新しい手帳を貰わなければいけない
まだいで、でそれは出来なくて
六本松の大きな蔦屋にもないから
その先に行く
小中高生の全教科を教えられて
スタイルが良くて
笑顔が素敵な先生みたいな
私はなりたい

放生会

放生会という祭りに行った
ここでは食べるために殺してはいけないのに
多くの人が食べるために歩いていた
屋台で売られるものの全てがいのちである
唐揚げとチュロスと鶏と麦のいのちを
咀嚼し磨り潰す人の波の中を潜り
私は屋台の端から端まで何も買わずに歩いた
何と罰当たりな人混みと思って
しかしそんな人もいのちであるので
参道は混雑している
ここでは全てのいのちが放たれ

食べることは生きること
人のいのちも殺してはいけない
私は参道の端に辿り着いた途端屋台で全てのものを買った
屋台で買えるものは似通っていて、その全てのいのちを
唐揚げとチュロスと鶏と麦とその他諸々のいのちを
頬張ると
何だか体がポカポカしてきた
私だっていのちである
殺してはいけないし
食べることは生きること
参道に放たれ　ようやく人の波に乗れる
しかし私は胃袋の重さに耐えられない
そこには全てのいのちが
閉じ籠めているのは何と罰当たりな
私は屋台で蛇を買い

歩き終わる時に水に放してやる
頬張った全てのいのちが水に流れ　これできっと
食べるために殺した私はいなくなる
そして食べることは生きることなので
私のいのちも一緒になって
水の中に放たれ消えて行く
放生会という祭りはきっと
私の胃の中にある

インカレポエトリ叢書XXXI
放生会
二〇二五年四月一〇日
著　者　緒方 水花里
発行者　後藤 聖子
発行所　七月堂
〒一五四—〇〇二一　東京都世田谷区豪徳寺一—二—七
電　話　〇三—六八〇四—四七八八
FAX　〇三—六八〇四—四七八七
印刷　タイヨー美術印刷
製本　あいずみ製本

Houjouya

Printed in Japan

ISBN978-4-87944-605-3　C0092　¥900E